咖啡与茶

朋友圈系列

汤显祖和莎士比亚走进了朋友圈

⊙张澂 编著

三百多年前，当莎士比亚手握鹅毛
管笔，书写着优美的无韵体诗句之时，
世界另一端，他的同行汤显祖正"自踏
新词教歌舞"，"自掐檀痕教小伶"。
东方中国社日庙会的舞台上，汤显祖的
《牡丹亭》渐入佳境，睡魔正以铜镜一
面摄引柳梦梅进入梦境；而西方伦敦的
寰球戏院，正在上演莎士比亚的《仲夏
夜之梦》，人们以灯笼代替着仲夏夜的
月亮……

值得一走的时空之旅

咖啡，陪伴着多少西方大师畅想著书；清茶，陪伴着多少中国大师冥思立说。一东一西相距万里，前前后后时隔数千年，大师们彼此未曾谋面，但当他们跨越时空来到一起，绝妙的精神裂变瞬间爆发！那些莫名的意识巧合、揪心的情感抒发、睿智的观念冲撞、销魂的词藻往来……将沉眠于固态的心灵彻底融化！智慧荡漾于星际之间，情感振颤于地轴两端。来吧，放下尘世的万般纠结，去走一趟大师级的时空跨越之旅……

—— 底谓

目　录

1

朋友圈个人信息

汤显祖

莎士比亚

字义仍, 号海若、若士、清远道人

著名的戏曲家和文学家

出生于16世纪中期, 中国江西

出身书香门第, 仕途多舛

历经嘉靖、隆庆和万历三朝

《牡丹亭》……

"原来姹紫嫣红, 似这般都付与断井颓垣。"

逝于1616年

威廉·莎士比亚

杰出的戏剧家和诗人

出生于16世纪中期, 英国瓦维克郡

出身市民家庭, 跻身贵族和宫廷

历经伊丽莎白一世和詹姆斯一世

《哈姆莱特》……

"生存还是毁灭, 这是一个值得考虑的问题。"

逝于1616年

超时空戏迷

风云会
Meet

超时空戏迷
两位大师,你们好!请接受我这个穿越时空而来的戏迷万分诚挚的问候。

汤显祖
幸会幸会!

莎士比亚
万分荣幸!

超时空戏迷
戏剧是人类历史上寿命最长久的娱乐活动,西方从古希腊就进入了戏剧演出的黄金时代,中国有记载的表演活动优孟衣冠也有将近三千年的历史。但东西方的文化发展各有特点,戏剧形式千差万别,能否请两位大师谈一下各自戏剧形式的特点?

汤显祖
当吾大明万历之时,乃传奇戏之天下。一本传奇少则二十几出,多至五六十出。每出戏都由曲文和宾白组成。曲文是传奇最重要的组成部分,每出戏由若干支曲调组成,曲调的句数、曲句的字数以至平仄韵脚都有严格的规定,依谱填写,一丝不能差池。演唱用韵文,念诵则用宾白散文。

莎士比亚

我写的戏剧大体相当于话剧,一般分五幕,每幕再分为若干场。剧本语言包括韵文、无韵诗和散文三种文体。韵文要轻重音抑扬和谐,如同中国古典诗歌中的平仄,句末要协韵。无韵体不用韵,但有轻重音声调的要求,两者都有音步(相当于字数)的限制。我最喜好擅长的是无韵体诗,自由奔放,抒情叙事都能尽情挥洒。

汤显祖

莎剧之自由放达,在下不胜艳羡。盖因传奇之曲牌格律,比之古体诗,非但没有放宽,甚而更严,曲辞协律与否则成品评之要素,剧情反居其二。故吾提出:

凡文以意趣神色为主。四者到时,或有丽词俊音可用,尔时能一一顾九宫四声否?如必按字摸声,即有窒滞迸拽之苦,恐不能成句矣。(《答吕姜山》)

超时空戏迷

两位大师的作品能够穿越时代和地域,为天下戏迷所激赏,奥秘何在?

莎士比亚

"真、善、美,就是我全部的主题"。真挚的情感,加上性格生动的人物和真实可信的事件。

真,善,美,就是我全部的主题,
真,善,美,变化成不同的辞章;
我的创造力就用在这种变化里,
三题合一,产生瑰丽的景象。

(莎士比亚《十四行诗》第105首)

汤显祖

然也，世间万物皆为情而生，为情而动。艺术乃情之产物，言情乃是戏曲之本质。

世总为情，情生诗歌而行于神。天下之声音笑貌大小生死，不出乎是。（《耳伯麻姑游诗序》）

超时空戏迷

读二位的作品真是一种享受。更为难得的是，五百年后的今天，这些作品还在全世界的舞台上演出着，真是一种超时空的奇迹。

AN
EXCELLENT
conceited Tragedie
OF
Romeo and Iuliet.

As it hath been often (with great applaufe)
plaid publiquely, by the right Ho-
nourable the L. of *Hunfdon*
his Seruants.

莎士比亚

这一朵爱的蓓蕾

Love bud

超时空戏迷

莎翁，您的代表作《罗密欧与朱丽叶》，真是古今中外家喻户晓。别林斯基曾这样评价说："莎士比亚《罗密欧与朱丽叶》的感染力出之于爱情观念，因而那热情洋溢、激动人心的语句从一对恋人的口中喷涌而出，如浪涛翻动，似明星闪耀。这是爱情的感染力，因为在《罗密欧与朱丽叶》的抒情独白中，看得明明白白的不单单是恋人的互相欣赏，也还有庄严、骄傲和充满陶醉感的爱情披沥，那是把爱情神话了的一种感受。"

 莎士比亚

爱情是人类最美好的情感，是世间最大的欢乐和幸福，可以使人焕发出蓬勃朝气。我请《第十二夜》的公爵来说——

 公爵

爱情的精灵呀！你是多么敏感而活泼；虽然你有海一样的容量，可是无论怎样高贵超越的事物，一进了你的范围，便会在顷刻间失去了它的价值。爱情是这样充满了意象，在一切事物中是最富于幻想的。(第一幕第一场)

 超时空戏迷

《罗密欧与朱丽叶》是一曲青春纯爱的恋歌，被称颂为"一本恋爱的宝典"。哪个少年不钟情？哪个少女不怀春？罗密欧与朱丽叶是少男少女们的偶像，他们之间刻骨铭心的爱感动了一代又一代人。

莎士比亚
这个戏写于1595年。
故事发生在维洛那名城，有两家门第相当的巨族，累世的宿怨激起了新争，鲜血把市民的白手污渎。是命运注定这两家仇敌，生下了一双不幸的恋人，他们的悲惨凄凉的殒灭，和解了他们交恶的尊亲。这一段生生死死的恋爱，还有那两家父母的嫌隙，把一对多情的儿女杀害，演成了今天这一本戏剧。（开场诗）

超时空戏迷
少男少女一见钟情，充满了对爱情的渴望，为追求真诚爱情至死不渝，这份纯情，最能打动人。

莎士比亚
青春是恋爱的季节。罗密欧一出场，就掉进了恋爱的网里。他"用眼泪洒为清晨的露水，用长叹嘘成天空的云雾"。（第一幕第一场）爱情的种子已在罗密欧的心中萌发。朱丽叶年方十四岁，妙龄少女，在当时的维洛那也到了谈婚论嫁的年龄。当凯普莱特夫人告诉自己的女儿，年轻高贵的绅士帕里斯向她求婚时，朱丽叶回答说——

朱丽叶
要是我看见了他以后，能够发生好感，那么我是准备喜欢他的。（第一幕第三场）

超时空戏迷
海涅在《莎士比亚的少女和妇人》一书中赞美朱丽叶的

爱情品格"就是诚实和健康"。莎翁,您在这出戏中将心灵的纯洁、感情的炙烈和举止的优美高贵完美地结合了起来。

莎士比亚
罗密欧与朱丽叶在凯普莱特家族举办的化妆舞会上偶然相遇。一场旷世的爱情开始了,在那个奇异的夜晚。

超时空戏迷
一见钟情的爱情模式被您推向了极致,一种从未经历过的情感拂拭着两个年轻恋人的心灵,激发出无限的柔情和无比的喜悦。

莎士比亚
不幸的是,这爱却从一开始就种下悲剧的种子,朱丽叶清楚这一切。

朱丽叶
恨灰中燃起了爱火融融,要是不该相识,何必相逢!昨天的仇敌,今日的情人,这场恋爱怕要种下祸根。(第一幕第五场)

莎士比亚
为了能再见到朱丽叶,罗密欧借夜幕的掩护跳入凯普莱特家的花园,躲在朱丽叶的窗下。此时朱丽叶也痴情地爱上了罗密欧。她夜不能寐,站在窗前,陷入绵绵情思之中。他们完全陶醉和沉浸在爱情的喜悦之中:罗密欧欣喜地望着窗内灯光映照下的朱丽叶的身影,情不自禁地

10

道出了心中最美的赞叹："朱丽叶就是太阳!"

罗密欧

轻声!那边窗子里亮起来的是什么光?那就是东方,朱丽叶就是太阳!起来吧,美丽的太阳!……那是我的意中人;啊!那是我的爱;唉,但愿她知道我在爱着她!她欲言又止,可是她的眼睛已经道出了她的心事。待我去回答她吧;不,我不要太卤莽,她不是对我说话。天上两颗最灿烂的星,因为有事他去,请求她的眼睛替代它们在空中闪耀。要是她的眼睛变成了天上的星,天上的星变成了她的眼睛,那便怎样呢?她脸上的光辉会掩盖了星星的明亮,正像灯光在朝阳下黯然失色一样;在天上的她的眼睛,会在太空中大放光明,使鸟儿误认为黑夜已经过去而唱出它们的歌声。瞧!她用纤手托住了脸,那姿态是多么美妙!啊,但愿我是那一只手上的手套,好让我亲一亲她脸上的香泽!（第二幕第二场）

超时空戏迷

多么富于想象力的诗句!一个恋爱中的年轻人的心声,这样情真意切、发自肺腑的独白,真如太阳般耀眼。

莎士比亚

这幸福的时刻和纯真的爱情让人又惊又喜,但朱丽叶似乎陷入了两难境地,一方面要维护家族的荣誉和利益,一方面又想追求美好纯真的爱情。

朱丽叶

罗密欧啊,罗密欧!为什么你偏偏是罗密欧呢?否认你的父亲,抛弃你的姓名吧;也许你不愿意这样做,那么只要你宣誓做我的爱人，我也不愿再姓凯普莱特了。

（第二幕第二场）

 莎士比亚

只恨解不开的世仇宿怨，这段山海深情向谁申诉？幽闺中锁住了桃花人面，要相见除非是梦魂来去。可是热情总会战胜艰辛，苦味中间才有无限甘甜。（第二幕开场诗）

 朱丽叶

只有你的名字才是我的仇敌；你即使不姓蒙太古，仍然是这样的一个你。姓不姓蒙太古又有什么关系呢？它又不是手，又不是脚，又不是手臂，又不是脸，又不是身体上任何其他的部分。啊！换一个姓名吧！姓名本来是没有意义的；我们叫做玫瑰的这一种花，要是换了个名字，它的香味还是同样的芬芳；罗密欧要是换了别的名字，他的可爱的完美也决不会有丝毫改变。罗密欧，抛弃了你的名字吧；我愿意把我整个的心灵，赔偿你这一个身外的空名。

 罗密欧

那么我就听你的话，你只要叫我做"爱"，我就重新受洗，重新命名；从今以后，永远再不叫罗密欧了。

（第二幕第二场）

 超时空戏迷

上辈人的隔阂又怎能阻止下一代人的自由交往和爱慕！

 莎士比亚

恋爱使人大胆，勇往直前。

朱丽叶

告诉我，你怎么会到这儿来，为什么到这儿来？花园的墙这么高，是不容易爬上来的；要是我家里的人瞧见你在这儿，他们一定不让你活命。

罗密欧

我借着爱的轻翼飞过园墙，因为砖石的墙垣是不能把爱情阻隔的；爱情的力量所能够做到的事，它都会冒险尝试，所以我不怕你家里人的干涉。

朱丽叶

要是他们瞧见了你，一定会把你杀死的。

罗密欧

唉！你的眼睛比他们二十柄刀剑还厉害；只要你用温柔的眼光看着我，他们就不能伤害我的身体。

朱丽叶

我怎么也不愿让他们瞧见你在这儿。

罗密欧

朦胧的夜色可以替我遮过他们的眼睛。只要你爱我，就让他们瞧见我吧；与其因为得不到你的爱情而在这世上捱命，还不如在仇人的刀剑下丧生。(第二幕第二场)

超时空戏迷

这段阳台会是爱情故事的最经典桥段。

莎士比亚

纯真的爱情战胜了仇恨，柔情蜜意围绕着这对爱侣。

超时空戏迷

少男少女的爱情表白，真是纯真美好、一尘不染，令人心

电影《罗密欧与朱丽叶》（1968）剧情截图

生羡慕!

莎士比亚
他们海誓山盟,互诉衷肠。

罗密欧
姑娘,凭着这一轮皎洁的月亮,它的银光涂染着这些果树的梢端,我发誓——

朱丽叶
啊!不要指着月亮起誓,它是变化无常的,每个月都有盈亏圆缺;你要是指着它起誓,也许你的爱情也会像它一样无常。

罗密欧
那么我指着什么起誓呢?

朱丽叶
不用起誓吧;或者要是你愿意的话,就凭着你优美的自身起誓,那是我所崇拜的偶像,我一定会相信你的。

罗密欧
要是我的出自深心的爱情——

朱丽叶
好,别起誓啦。我虽然喜欢你,却不喜欢今天晚上的密约;它太仓卒、太轻率、太出人意外了,正像一闪电光,等不及人家开一声口,已经消隐了下去。好人,再会吧!这一朵爱的蓓蕾,靠着夏天的暖风的吹拂,也许会在我们下次相见的时候,开出鲜艳的花来。晚安,晚安!但愿恬静的安息同样降临到你我两人的心头!(第二幕第二场)

超时空戏迷
您动用了自古以来抒发爱情所创造的全部艺术手段,来

15

表达这一对少年男女的美妙情感。他们之间的每一段对白几乎都是绝妙的爱情之歌，有人甚至猜测只有恋爱中的莎士比亚才能写出如此美妙的诗句。

莎士比亚
这就不能告诉你了！
在劳伦斯神父的帮助下，罗密欧和朱丽叶秘密结婚了，但真爱无坦途。罗密欧在争斗中，失手杀死了朱丽叶的堂兄，不仅加剧了两家的仇恨，他本人还遭到公爵的放逐。在罗密欧看来，放逐就等于死，因为见不到朱丽叶了。罗密欧只关注朱丽叶，她是唯一的真实存在，是他心灵的归属。

罗密欧
朱丽叶所在的地方就是天堂；这儿的每一只猫、每一只狗、每一只小小的老鼠，都生活在天堂里，都可以瞻仰到她的容颜，可是罗密欧却看不见她。污秽的苍蝇都可以接触亲爱的朱丽叶的皎洁的玉手，从她的嘴唇上偷取天堂中的幸福，那两片嘴唇是这样的纯洁贞淑，永远含着娇羞，好像觉得它们自身的相吻也是一种罪恶；苍蝇可以这样做，我却必须远走高飞，它们是自由人，我却是一个放逐的流徒。(第三幕第三场)

超时空戏迷
朱丽叶得知表兄死了，罗密欧被放逐，内心该多么痛苦和矛盾啊。莎翁，不得不说你很残忍！

莎士比亚
爱情怎能一帆风顺！朱丽叶很清楚家族间的仇杀冲突，

会给他们的爱情带来怎样的灾难，她面临的与爱人的分离。

朱丽叶

"罗密欧放逐了！"这句话简直等于说，父亲、母亲、提伯尔特、罗密欧、朱丽叶，一起被杀，一起死了。"罗密欧放逐了！"这一句话里面包含着无穷无际、无极无限的死亡，没有字句能够形容出这里面蕴蓄着的悲伤。（第三幕第二场）

超时空戏迷

更何况朱丽叶还要面对父母的逼婚。

莎士比亚

这是另一种巨大的压力，可怜的朱丽叶。

朱丽叶

凭着圣彼得教堂和圣彼得的名字起誓，我决不让他娶我做他的幸福的新娘。世间哪有这样匆促的事情，人家还没有来向我求过婚，我倒先做了他的妻子了！母亲，请您对我的父亲说，我现在还不愿意出嫁；就是要出嫁，我可以发誓，我也宁愿嫁给我所痛恨的罗密欧，不愿嫁给帕里斯。（第三幕第五场）

超时空戏迷

平日慈爱良善的父母，到了这个时候往往都变成了另一个人，古今中外都是如此哦。

莎士比亚
朱丽叶纯真、温柔、热情而且勇敢，为了爱，她至死不渝。面对父母的逼婚，她以死相抗："要是一切方法都已用尽，我还有死这条路。"（第三幕第五场）她听从神父的建议，为了爱情克服恐惧吞下了装假死的药水。"爱情啊，给我力量吧！只有力量可以搭救我。"（第四幕第一场）

 超时空戏迷
爱情的力量！

 莎士比亚
罗密欧误以为爱人已死，悲痛欲绝，于是来到墓穴，喝下毒药以身殉情。

 罗密欧
这是一个灯塔，因为朱丽叶睡在这里，她的美貌使这一个墓窟变成一座充满着光明的欢宴的华堂。……为了我的爱人！我干了这一杯！（饮药）啊！卖药的人果然没有骗我，药性很快地发作了。我就这样在这一吻中死去。

（第五幕第三场）

 超时空戏迷
真是天大的误会！朱丽叶苏醒后，会怎样柔肠寸断！

 朱丽叶
一只杯子，紧紧地握住在我的忠心的爱人的手里？我知道了，一定是毒药结果了他的生命。唉，冤家！你一起喝干了，不留下一滴给我吗？我要吻着你的嘴唇，也许这

上面还留着一些毒液，可以让我当作兴奋剂服下而死去。（吻罗密欧）你的嘴唇还是温暖的！（第五幕第三场）

超时空戏迷
真是敬佩您，莎翁。这里的殉情死亡，并不阴冷恐怖，反而让人感觉真爱的温暖。正是因为深爱，即将死亡的痛苦仿佛已被能永远牵住爱人之手的喜悦所取代。

汤显祖
爱到深处，生死难分；我死非真，君死殉情，人去花凋尽。今世已空，何惜此身？我愿以死随君，问世间几多爱恨！

超时空戏迷
鲁迅先生有一句名言："悲剧将人生有价值的东西毁灭给人看。"家族之间的"仇恨"，造成了"美"的毁灭和"爱"的凋零。

莎士比亚
最终，爱情战胜了死亡，两家的世仇也消失于无形。

超时空戏迷
莎翁，您强化了爱情的力量，爱情不但战胜了死亡，并且使两家的世仇消弭于无形。

莎士比亚
真正的爱情是慷慨的，正像朱丽叶对罗密欧道出的心声——

朱丽叶
我的慷慨像海一样浩渺，我的爱情也像海一样深沉；我给你的越多，我自己也越是富有，因为这两者都是没有穷尽的。(第二幕第二场)

超时空戏迷
对爱情的激情渴求，为爱无私的自我奉献，永远都滋润着人类的心灵。命运的偶然造成这一对恋人的悲剧结局，然而最终爱情胜利了，战胜了死亡和世仇，所以这是一出讴歌爱情至上的"喜剧"。看过西方的爱情，我们再请中国的"莎士比亚"汤显祖，汤翁，来说说他笔下超越生死的爱情——杜丽娘和柳梦梅的爱情！

莎士比亚
期待！

汤显祖

世间何物似情浓

The deepest love

超时空戏迷

当莎士比亚的《罗密欧与朱丽叶》在伦敦感动着千千万万观众的同时，汤显祖的《牡丹亭》也在戏曲舞台上掀起狂潮，"汤义仍《牡丹亭梦》一出，家传户诵，几令《西厢》减价"（沈德符《顾曲杂言》）。汤翁，《牡丹亭》是您最得意的作品吗？

汤显祖

一生四梦，得意处唯在《牡丹》。

超时空戏迷

汤翁，容我八卦一下。据说当时娄江女子俞二娘日日捧读《牡丹亭》，感动满怀，愁郁至极，只十七岁就断肠而死。还有，杭州女艺人商小玲，在舞台上扮演杜丽娘，想到自己遭遇，悲恸难禁，猝死舞台。

汤显祖

画烛摇金阁，真珠泣绣窗。如何伤此曲，偏只在娄江。何自为情死，悲伤必有神。一时文字业，天下有心人。
（《哭娄江女子二首》）

冯小青

冷雨幽窗不可听，挑灯闲看牡丹亭。人间亦有痴于我，岂独伤心是小青。（《读牡丹亭诗》）

《女才子书》

又一夕，风雨潇潇，梵钟初动，四顾悄然，（小青）乃于书卷中捡出一帙《牡丹亭》，挑灯细玩。及读至《寻梦》《冥会》诸出，不觉低首沉吟，废卷而叹曰："我只道感春兴怨，只一小青。岂知痴情绮债，先有一个丽娘。然梦而死，死而生，一意缠绵，三年冰骨而竟得梦中之人作偶。梅耶柳耶，岂今世果有其人耶！我徒问水中之影，汝真得梦里之人，是则薄命，良缘相去殊远。"言讫泫然泣下……

汤显祖

知我者，小青也，当为红尘真知音也。

超时空戏迷

为什么《牡丹亭》能引起如此强烈的情感共鸣？

汤显祖

天下女子有情，宁有如杜丽娘者乎！梦其人即病，病即弥连，至手画形容传于世而后死。死三年矣，复能溟莫中求得其所梦者而生。如丽娘者，乃可谓之有情人耳。情不知所起，一往而深，生者可以死，死可以生。生而不可与死，死而不可复生者，皆非情之至也。（《牡丹亭记题词》）

超时空戏迷

"情不知所起，一往而深，生者可以死，死可以生。"爱情穿越了时空，超越了生死。情成为生和死的理由，情也是由生入死，死而复生的惟一力量。这才能被称为"至情"吧？

汤显祖

"四梦"中，《牡丹亭》我用力最深。南宋时太守杜宝之女杜丽娘私自游园，在梦中与书生柳梦梅幽会，尽男女之欢。醒来幽怀难遣，抑郁而死，葬于后花园。书生柳梦梅上京赴试路过此地，于花园内拾得杜丽娘写真画像，观画思人，和杜丽娘阴魂相会。柳梦梅挖墓开棺，杜丽娘起死回生，两人结为夫妇。后柳梦梅考中状元，杜宝拒不承认两人婚事，最终皇帝下诏，全家团圆。

超时空戏迷

真是曲折动人！同是写青春少女为爱而死的故事，与莎翁的《罗密欧与朱丽叶》却有很大差别。

汤显祖

杜丽娘乃太守之女，大家闺秀。其父杜宝为官清廉正直，对女儿管教甚严，不准她越礼教一步。丽娘青春年华，每日被幽闭在深闺，母亲贤良慈爱，但"夫婿坐黄堂，娇娃立绣窗。怪他裙衩上，花鸟绣双双"（第十出《惊梦》），甚至连后花园都不准去游玩，怕她因为看到花花草草惹动春情。

莎士比亚

和我们的礼教风俗确实不同，难道杜丽娘能见到的男性只有她父亲吗？

汤显祖

倒还有一个，就是私塾教师陈最良。杜宝对女儿珍爱有加，希望女儿"他日到人家，知书知礼，父母光辉"（第三出

《训女》)。而陈最良乃一介儒生，满脑子圣贤书，迂腐麻木，毫无情趣。

莎士比亚
难以想象，这么一个如花似玉的青春少女，活得那么压抑！

汤显祖
"人生而有情"，杜丽娘之青春生命，使其厌恶周遭沉闷的环境，读《诗经·关雎》，丽娘以为："关了的雎鸠，尚然有洲渚之兴，何以人而不如鸟乎？"（第九出《肃苑》）

超时空戏迷
在儒家的解释中，《关雎》一向被看作是吟咏后妃之德的诗作，在圣贤书中，杜丽娘居然读出了这样的感受，不能不说是青春热情的本能激发。

汤显祖
《惊梦》一出，是全剧大关目。杜丽娘不顾母亲训诫，带着丫鬟春香悄悄去后花园赏春。"不到园林，怎知春色如许！"满园花草春色使丽娘沉醉其中，留连忘返。

杜丽娘
［步步娇］袅晴丝吹来闲庭院，摇漾春如线。停半晌、整花钿，没揣菱花，偷人半面，迤逗的彩云偏。步香闺怎便把全身现？［醉扶归］你道翠生生出落的裙衫儿茜，艳晶晶花簪八宝填，可知我常一生儿爱好是天然？恰三春好处无人见，不堤防沉鱼落雁鸟惊喧，则怕的羞花闭月花愁颤。（第十出《惊梦》）

超时空戏迷
好戏开场了，春香领着杜丽娘去逛花园……

杜丽娘
不到园林，怎知春色如许！［皂罗袍］原来姹紫嫣红开
遍，似这般都付与断井颓垣。良辰美景奈何天，赏心乐
事谁家院！恁般景致，我老爷和奶奶再不提起。（合）
朝飞暮卷，云霞翠轩；雨丝风片，烟波画船。锦屏人忒
看的这韶光贱！［好姐姐］遍青山啼红了杜鹃，荼蘼外
烟丝醉软。春香呵，牡丹虽好，他春归怎占的先！（第十出
《惊梦》）

超时空戏迷
这是全剧中最明艳动人的曲子，读着便觉齿颊留香。尤
其是那支［皂罗袍］，在后花园的万紫千红里写出了少
女的青春寂寞，美丽的生命如同美丽的春光一般转瞬即
逝，令人伤怀，精美的曲辞唱出了杜丽娘内心对青春的眷
恋和被压抑的生命渴望。

杜丽娘
　［隔尾］观之不足由他缱，便赏遍了十二亭台是枉然。
……春呵，得和你两留连，春去如何遣？……天呵，春
色恼人，信有之乎！常观诗词乐府，古之女子，因春感
情，遇秋成恨，诚不谬矣。吾今年已二八，未逢折桂之
夫；忽慕春情，怎得蟾宫之客？昔日韩夫人得遇于郎，
张生偶逢崔氏，曾有《题红记》《崔徽传》二书。此佳
人才子，前以密约偷期，后皆得成秦晋。（长叹介）吾生
于宦族，长在名门。年已及笄，不得早成佳配，诚为虚

昆剧电影《游园惊梦》，俞振飞饰柳梦梅，梅兰芳饰杜丽娘

度青春, 光阴如过隙耳。(泪介)可惜妾身颜色如花, 岂料命如一叶乎! (第十出《惊梦》)

汤显祖
丽娘带着"可惜妾身颜色如花, 岂料命如一叶"之叹息, 卧于一棵梅树之下, 恍恍惚惚, 进入梦乡。

超时空戏迷
此一睡不打紧, 竟成就了一段生死恋情。难耐的青春寂寞, 在梦中得到了宣泄。

汤显祖
是的, 杜丽娘在梦中遇到了书生柳梦梅, 英俊潇洒, 风流倜傥, 情投意合。

柳梦梅
[山桃红]则为你如花美眷, 似水流年, 是答儿闲寻遍, 在幽闺自怜。小姐, 和你那答儿讲话去。(杜丽娘含羞不行, 柳梦梅作牵衣介)

杜丽娘
(低问)那边去?
柳梦梅
转过这芍药栏前, 紧靠着湖山石边。
杜丽娘
秀才, 去怎的?
柳梦梅
(低答)和你把领扣松, 衣带宽, 袖梢儿搵着牙儿苫也, 则待你忍耐温存一晌眠。(旦作羞)(生前抱)(旦推介)

杜丽娘、柳梦梅

是那处曾相见，相看俨然，早难道这好处相逢无一言？
（生强抱旦下）（第十出《惊梦》）

超时空戏迷

真是绮梦啊，梦中幽会，恣一时之欢，由此而成至死不渝之情。

汤显祖

丽娘梦中生情，梦醒后念念不忘梦中书生，竟又至于花园寻梦。

杜丽娘

［懒画眉］最撩人春色是今年。少什么低就高来粉画垣，原来春心无处不飞悬。（绊介）哎，睡荼蘼抓住裙衩线，恰便是花似人心好处牵。这一湾流水呵！……
［品令］他倚太湖石，立着咱玉婵娟。待把俺玉山推倒，便日暖玉生烟。捱过雕阑，转过秋千，揸着裙花展。敢席着地，怕天瞧见。好一会分明，美满幽香不可言。梦到正好时节，甚花片儿吊下来也！……咳，寻来寻去，都不见了。牡丹亭，芍药阑，怎生这般凄凉冷落，杳无人迹？好不伤心也！……罢了，这梅树依依可人，我杜丽娘若死后，得葬于此，幸矣。［江儿水］偶然间心似缱，梅树边。这般花花草草由人恋，生生死死随人愿，便酸酸楚楚无人怨。待打并香魂一片，阴雨梅天，守的个梅根相见。（第十二出《寻梦》）

汤显祖

"美满幽香不可言"，杜丽娘见不到梦中人，人生便不足留恋，一病流连。

超时空戏迷
多么可惜，杜丽娘的爱情只能存在于梦境之中。在梦中，她品尝到了"千般爱惜，万种温存"，长久压抑的春情奔涌而出，一发不可收拾。

汤显祖
"世间何物似情浓？整一片断魂心痛。"丽娘临终前，吩咐春香："我那春容，题诗在上，外观不雅。葬我之后，盛着紫檀匣儿，藏在太湖石底。"希望"有心灵翰墨春容，倘直那人知重"。又央求母亲死后将之葬于梅树之旁，使幽魂得以常温梦境。(第二十出《闹殇》)

超时空戏迷
梅树，不就象征着柳梦梅吗？好痴情的杜小姐！汤翁，您如果就此止笔，未尝不是一出深刻的悲剧，但您的创作目的显然不止于此。

汤显祖
您说得很对。杜丽娘"慕色而亡"，就此作罢，情何以堪？杜丽娘死犹不甘，吾必使其复活，达成夙愿，方显至情之力量。

超时空戏迷
生生死死，死死生生，只为了一个情字。

汤显祖
丽娘幽魂飘荡，到得冥府，在阎罗殿据实禀告——

杜丽娘

则为在南安府后花园梅树之下，梦见一秀才，折柳一枝，要奴题咏。留连宛转，甚是多情。梦醒来沉吟，题诗一首："他年若傍蟾宫客，不是梅边是柳边。"为此感伤，坏了一命。（第二十三出《冥判》）

超时空戏迷

便是在鬼哭神嚎的阎罗地府，杜丽娘也全无忌惮，至情如此！判官也被感动了，赠她还魂香，助其回到人间再续前缘。这判官也是看颜值，通人情的，可爱！

王思任

杜丽娘隽过言鸟，触似羚羊。月可沉，天可瘦，泉台可瞑，獠牙判发可狎而处；而"梅""柳"二字，一灵咬住，必不肯使劫灰烧失。（《批点玉茗堂牡丹亭叙》）

超时空戏迷

丽娘化作游魂，去寻那梦中之人。

杜丽娘

生生死死为情多。奈情何！奴家杜丽娘女魂是也。只为痴情慕色，一梦而亡。凑的十地阎君奉旨裁革，无人发遣，女监三年。喜遇老判，哀怜放假。趁此月明风细，随喜一番。呀，这是书斋后园，怎做了梅花庵观？好伤感人也。（第二十七出《魂游》）

超时空戏迷

可怜可叹复可敬。丽娘化为鬼魂，故地重游，寻寻觅觅。

汤翁,您的妙笔将这一幕写得幽凄冷峭,哀感顽艳,真是感人。丽娘她寻到柳梦梅了吗?

汤显祖
寻到了!柳梦梅恰寄住在梅花庵养病,正是原来的杜家宅院。柳梦梅亦是个痴情种,游园时拾到丽娘写真图匣,便将之捧到书馆,顶礼供养,声声叫唤。

柳梦梅
待小生狠狠叫他几声:"美人,美人!姐姐,姐姐!"向真真啼血你知么?叫的你喷嚏似天花唾。动凌波,盈盈欲下,不见影儿那。咳,俺孤单在此,少不得将小娘子画像,早晚玩之、拜之、叫之、赞之。(第二十六出《玩真》)

超时空戏迷
趣绝痴绝,不痴则情不深,无情之人安得入趣?得遇梦梅,亦丽娘之幸也。

超时空戏迷
柳梦梅声声叫唤,真被他叫来了"美人",有趣有趣!

汤显祖
柳梦梅不知丽娘是鬼,惊为天人,两情相悦,日日欢会。

杜丽娘
妾千金之躯,一旦付与郎矣,勿负奴心。每夜得共枕席,平生之愿足矣。(第二十八出《幽媾》)

超时空戏迷
总不能一直这样下去，丽娘总要说出真相，那支还魂香还没用呢，会不会过期啊？急死我了。

汤显祖
自然要说的，莫急莫急。

杜丽娘
杜丽娘小字有庚帖，年华二八，正是婚时节。
柳梦梅
是丽娘小姐，俺的人那！
杜丽娘
衙内，奴家还未是人。
柳梦梅
不是人，是鬼？
杜丽娘
是鬼也。
柳梦梅
（惊介）怕也，怕也。
杜丽娘
靠边些听俺消详说……
柳梦梅
姐姐，因何得回阳世而会小生？
杜丽娘
虽则是，阴府别。看一面千金小姐，是杜南安那些枝叶。……秀才，你许了俺为妻真切，少不得冷骨头着疼热。
柳梦梅
你是俺妻，俺也不害怕了。（第三十二出《冥誓》）

超时空戏迷

给柳梦梅点赞。

汤显祖

柳梦梅掘墓开棺，"牡丹亭内进还魂丹"，杜丽娘起死回生还魂复活。丽娘、梦梅"死里淘生情似海"，未经"父母之命、媒妁之言"，"便今宵成配偶"，有情人终成眷属。(第三十六出《婚走》)

超时空戏迷

杜丽娘由生入死，是为了寻找青春和爱情；而死而复活，更是情的升华。汤翁，您使杜丽娘的生命自由意志与陈腐的社会规制间的冲突达到尖锐的程度，以此赋予了剧作强烈的冲击力。

汤显祖

复生后的杜丽娘果敢坚定，为爱无所顾忌。金銮殿，"似这般狰狞汉，叫喳喳"，父亲杜宝责骂其"此必花妖狐媚，假托而成"，杜丽娘据理力争，坚称"阴阳配合正理"，毫不退缩。最后经圣上裁决，叫他们父女、夫妻相认，归第成亲。(第五十五出《圆驾》)

超时空戏迷

杜丽娘外柔内刚，勇敢而坚定，令人感受到自由生命的可爱可敬。这是过去的爱情剧中没有过的女性形象。

汤显祖

杜丽娘乃"至情"之人，栖身醒梦之际，出入于生死之间，"生生死死为情多，奈情何"？吾乃借杜丽娘还魂故事"为情作使"。

 莎士比亚

好一个"因情生梦"，因梦成戏。神秘玄幻，至情动人！

 超时空戏迷

至真、至美、至善，两位大师的名作让我们切切实实地感受到了"情"所具有的超越生死的力量，自由生命的可爱，和发自本心的爱所带来的冲击力。难怪几百年来，无数的观众为你们倾倒疯狂。

 汤显祖

"世总为情"，至情"生者可以死，死可以生"，亦可跨越国界和时代。

Much adoe about Nothing.

As it hath been sundrie times publikely acted by the right honourable, the Lord Chamberlaine his seruants.

Written by William Shakespeare.

莎士比亚

我们才是真正的爱神

True love

 莎士比亚
爱情的美妙，谁能不陶醉？只要是身心健康的青年，谁又能逃脱爱神之箭？人们有权享受爱情的快乐，这是宇宙自然的法则。

 超时空戏迷
莎翁，我想起了您的喜剧《无事生非》中的那一对欢喜冤家。您的喜剧一直是各国舞台的宠儿，那些爱情喜剧更是迷人，《无事生非》《皆大欢喜》和《第十二夜》，被人称作"明媚娇艳的三联喜剧"。

 莎士比亚
《无事生非》是我的最爱，故事非常有趣，围绕求婚主题并行两条线索。第一条线索，青年骑士克劳狄奥向梅西纳总督的女儿希罗求婚，得到了希罗父亲的许可。但在婚礼上，阿拉贡亲王的庶弟约翰由于嫉妒捏造谗言，致使克劳狄奥上当受骗，以为希罗是不贞洁的女子而当面侮辱希罗，差点害死她。希罗的堂姐贝特丽丝想出计谋，让希罗假死，然后查出真相，揭穿骗局。克劳狄奥与希罗重归于好。

 超时空戏迷
克劳狄奥与希罗，俊男靓女，门当户对，符合传统的婚姻模式，虽有些波澜曲折，最后终成眷属。

莎士比亚

浓墨重彩的是另一条线索：培尼狄克是阿拉贡亲王手下的青年将领，贝特丽丝是梅西那总督的侄女。他们都是伶牙俐齿，能言善辩，争强好胜，不肯让人。他们仿佛是一对天生的冤家对头，只要一见面就唇枪舌剑，非把对方挖苦一通不可。培尼狄克和贝特丽丝都是那么骄傲，并且蔑视婚姻。但他们都中了亲王善意的圈套，误以为对方爱恋自己，从此被爱神之箭击中，放下自尊高傲，互生情意，弄假成真，最后走向婚姻殿堂。

超时空戏迷

不是冤家不聚头嘛，这一对欢喜冤家最有趣。他们本来一个决心终生不娶，一个发誓终生不嫁。要让这一对怨男怨女彼此相爱，结成连理，简直比登天还难！可是，这部喜剧的无穷妙趣就在于，由于他人的善意愚弄，培尼狄克和贝特丽丝竟然相爱了。

莎士比亚

培尼狄克作战勇敢，开朗大度，疾恶如仇，但十分高傲。他认为婚姻让"世界上的男子""带上绿头巾""心里七上八下"，婚姻等于往自己脖子上套绳索。他认为自己是绝对不会对女人动情的。

培尼狄克

一个女人生下了我，我应该感谢她；她把我养大，我也要向她表示至诚的感谢；可是要我为了女人的缘故而戴起一顶不雅的头巾来，或者无形之中，胸口挂了一个号筒，那么我只好敬谢不敏了。因为我不愿意对任何一个女人猜疑而使她受到委屈，所以宁愿对无论哪个女人都不信任，免得委屈了自己。总而言之，为了让我自己穿得漂亮一点起见，我愿意一生一世做个光棍。（第一幕第一场）

莎士比亚
不仅如此，培尼狄克对女性也极为挑剔和鄙夷，说自己不喜欢希罗，是因为她"不能再好看一点"。

培尼狄克
除非在一个女人身上能够集合一切女人的优点，否则没有一个女人会中我的意。她一定要有钱，这是不用说的；她必须聪明，不然我就不要；她必须贤惠，不然我也不敢领教；她必须美貌，不然我看也不要看她；她必须温柔，否则不要叫她走近我的身边；她必须有高贵的人品，否则我不愿花十先令把她买下来；她必须会讲话，精音乐，而且她的头发必须是天然的颜色。（第二幕第三场）

超时空戏迷
其实这种对婚姻和女性的成见是很幼稚的，因为没有真正经历过甜蜜的爱情，这些不过是臆想出来的诳言谬论而已。

克劳狄奥
他这种不近人情的态度，都是违背了良心做出来的。
（第一幕第一场）

超时空戏迷
以我的经验，这种肤浅的想法一旦遇上爱情的火焰必然
灰飞烟灭。

莎士比亚
果然有经验！贝特丽丝则聪明开朗，在梅西那总督里奥
那托眼里——

里奥那托
她身上找不出一丝丝的忧愁；除了睡觉的时候，她从来
不曾板起过脸孔；就是在睡觉的时候，她也还是嘻嘻
哈哈的……她往往会梦见什么淘气的事情，把自己笑
醒来。（第二幕第一场）

超时空戏迷
真是个有趣的女孩。

莎士比亚
贝特丽丝高傲娇蛮，不把男人放在眼里。

贝特丽丝
男人都是泥做的，我不要。一个女人要把她的终身付
托给一块顽固的泥土，还要在他面前低头伏小，岂不倒
霉。（第二幕第一场）

贾宝玉
我支持你！

莎士比亚
向她求婚的人, 一个个都给她嘲笑得退缩了回去, 她刁钻蛮横的想法与培尼狄克可谓如出一辙。

贝特丽丝
有胡子的人年纪一定不小了, 没有胡子的人, 算不得须眉男子; 我不要一个老头子做我的丈夫, 也不愿意嫁给一个没有丈夫气的男人。(第二幕第一场)

超时空戏迷
这两个骄傲的人不可避免要发生摩擦和碰撞, 您把他俩一见面就唇枪舌剑的场面写得精彩纷呈, 又充满喜感, 真是高手。

莎士比亚
您过誉了。贝特丽丝奚落培尼狄克是个"大饭桶", 培尼狄克讥讽贝特丽丝是个"女妖精"; 贝特丽丝嘲讽培尼狄克是"亲王手下的弄人""语言无味的傻瓜", 而培尼狄克则说: "她就是母夜叉的变相……因为她一天留在这世上, 人家就会觉得地狱里简直清静得像一座洞天福地。"他们就这样相互贬低, 争论不休。

超时空戏迷
呵呵, 这对欢喜冤家最终还是走到了一起, 成就了甜蜜姻缘, 不能不令人感叹爱神的不可捉摸。是您的妙笔生花, 催化了他们心中真实的感情, 使他们从攻击嘲讽到欣赏爱慕, 最终结出了爱情的硕果。

莎士比亚

您谈过恋爱吗? 培尼狄克与贝特丽丝的针锋相对, 正是青年男女恋爱的表现, 那就是外表与内心不一, "口是心非"。培尼狄克平日里总是摆出"统治女性的暴君"的面孔, 内心却渴望着女性的亲近和柔情。

超时空戏迷

因为培尼狄克幻想的理想伴侣根本不存在, 所以才会轻视鄙夷现实中的女性, 才会对婚姻心存偏见。

莎士比亚

但是爱的本能渴求是不会泯灭的, 它一直燃烧在培尼狄克的心中。其实他对贝特丽丝的态度很暧昧, 一方面他们一见面就唇枪舌剑, 互不相让; 另一方面又暗暗觉得她比妹妹希罗"好看多了"。他口头上说"一点不喜欢她", 但在行动上又不自觉地流露对她的关注与喜爱。

培尼狄克

嗳哟, 我的傲慢的小姐! 您还活着吗?

贝特丽丝

世上有培尼狄克先生那样的人, 傲慢是不会死去的; 顶有礼貌的人, 只要一看见您, 也就会傲慢起来。

培尼狄克

那么礼貌也是个反复无常的小人了。可是除了您以外, 无论哪个女人都爱我, 这一点是毫无疑问的; 我希望我的心肠不是那么硬, 因为说句老实话, 我实在一个也不爱她们。

贝特丽丝

那真是女人们好大的运气，要不然她们准要给一个讨厌的求婚者麻烦死了。我感谢上帝和我自己冷酷的心，我在这一点上倒跟您心情相合；与其叫我听一个男人发誓说他爱我，我宁愿听我的狗向着一只乌鸦叫。

培尼狄克

上帝保佑您小姐永远怀着这样的心情吧！这样某一位先生就可以逃过他命中注定的抓破脸皮的恶运了。

贝特丽丝

像您这样一副尊容，就是抓破了也不会变得比原来更难看的。（第一幕第一场）

 超时空戏迷

贝特丽丝也是如此啊，您在第一幕开场就写了。贝特丽丝与叔叔、妹妹在门前迎候胜利归来的军队，一见到使者，她就宛转打听培尼狄克的消息，完全暴露了她内心的秘密。

 莎士比亚

是的，她在关注着培尼狄克，想了解他的一切，包括他所结交的朋友。高傲的她看似毫不在意，嘲笑和不屑只是为了掩盖她的兴奋和喜悦。

 超时空戏迷

开场就已埋下了预示未来的种子，莎翁，您为他们开了一副爱情的催化剂，促成了情感的转化。

MISS ELLEN TERRY & MR HENRY IRVING
AS BEATRICE & BENEDICK IN
MUCH ADO ABOUT NOTHING

莎士比亚
这副催化剂就是亲王唐·彼德罗的"妙计"：在培尼狄克面前造成一种贝特丽丝爱他却不敢向他表白的假象，在贝特丽丝面前同样造成培尼狄克爱她的幻景。

彼德罗
要是我们能够把这件事情做成功，丘匹德也可以不用再射他的箭啦；他的一切的光荣都要属于我们，因为我们才是真正的爱神。（第二幕第一场）

超时空戏迷
这是最有趣的地方，这支由谎话制造的丘比特神箭，"凭着传闻的力量射中了"他们的心。

莎士比亚
培尼狄克本来不相信世间会有坚贞的爱情，但是他偏偏在花园里"偷听"到亲王等人的谈话，当培尼狄克听到贝特丽丝也爱着自己以后，如同醍醐灌顶，他义无反顾地坠入了爱河。

培尼狄克
这不会是诡计，他们谈话的神气是很严肃的；他们从希罗嘴里听到了这一件事情，当然不会有假。他们好像很同情这姑娘；她的热情好像已经涨到最高度。爱我！哎哟，我一定要报答她才是。我已听见他们怎样批评我，他们说要是我知道了她在爱我，我一定会摆架子；他们又说她宁死也不愿把她的爱情表示出来。结婚这件事我倒从来没有想起过。我一定不要摆架子；一个人知道了自己的短处，能够改过自新，就是有福的。他们说这姑娘长得漂亮，这是真的，我可以为他们证明；说她品行很好，这也是事实，我不能否认；说她除了爱我以外，别的地方都是很聪明的，其实这一件事情固然不足表示她的聪明，可是也不能因此反证她的愚蠢，因为就是我也要从此为她颠倒哩。（第二幕第三场）

超时空戏迷
太有趣了！事实上渴望完美爱情而不得的培尼狄克是偏执的，虚假的爱情理想支撑起他的偏执信念。一旦真实的爱情来临，他就不能不听从真情的召唤。

莎士比亚
与此同时，希罗和侍女欧苏拉按照亲王的计策行动着。贝特丽丝原本确信："哪个夏天不绿树成荫？哪个男人不负心？"偏偏也在花园里"偷听"到希罗等人的谈话，得知培尼狄克对她一片痴心，已经到了害相思病的程度。一语点醒梦中人，她丢弃了往昔的骄傲——

贝特丽丝
我的耳朵里怎么火一般热？果然会有这种事吗？难道我就让他们这样批评我的骄傲和轻蔑吗？去你的吧，那种狂妄！再会吧，处女的骄傲！人家在你的背后，是不会说你好话的。培尼狄克，爱下去吧，我一定会报答你；我要把这颗狂野的心收束起来，呈献在你温情的手里。你要是真的爱我，我的转变过来的温柔的态度，一定会鼓励你把我们的爱情用神圣的约束结合起来。人家说你值得我的爱，可是我比人家更知道你的好处。

（第三幕第一场）

超时空戏迷
谎言之所以能成为丘比特的利箭,并不在于谎言的完美和无懈可击,而在于埋藏在他们心里的爱的火焰,一触即发。

莎士比亚
爱情的进一步发展是由一场令希罗受辱的事件推进的。亲王的弟弟约翰阴险狡诈,为了发泄他的仇恨,他挑拨离间,损害希罗的名誉,诬陷她不贞。轻信的未婚夫克劳狄奥在教堂里羞辱希罗,柔弱的希罗一时无言以对,昏死过去。贝特丽丝和培尼狄克愤愤不平,认为希罗遭受了冤屈。他们同心协力,帮助受辱的希罗,揭露阴谋,伸张正义。突如其来的变故,使得他们心心相印,互相表达了爱慕之情,也夯实了他们的感情基础。最后真相大白,两对相爱的人成双成对走上了婚礼的殿堂。

超时空戏迷
培尼狄克与贝特丽丝,由吵闹冤家变成了恩爱情侣,既在意料之外,又在情理之中。

莎士比亚
与其说培尼狄克和贝特丽丝是受了别人的愚弄,不如说是生活本身跟他们开了个玩笑。

超时空戏迷
是的,爱情是任何青年人都无法回避和抗拒的。即使像培尼狄克和贝特丽丝那样一对自以为超越爱情的冤家,到头来还是被爱情的力量所降伏。

莎士比亚
这就是我想要写的浪漫喜剧。

超时空戏迷
与培尼狄克相比，我更喜欢贝特丽丝。

莎士比亚
贝特丽丝确实一枝独秀。这是因为她不仅具有与其他女性相同的美丽、善良、机智、正直，而且还具有她们所缺乏的泼辣、风趣、勇敢、刚强。她不乏女性的温柔妩媚，但却格外开朗，机敏聪慧，能言善辩。

贝特丽丝
希罗，求婚、结婚和后悔，就像是苏格兰急舞、慢步舞和五步舞一样：开始求婚的时候，正像苏格兰急舞一样狂热，迅速而充满幻想；到了结婚的时候，循规蹈矩的，正像慢步舞一样，拘泥着仪式和虚文；于是接着来了后悔，拖着疲乏的脚腿，开始跳起五步舞来，愈跳愈快，一直跳到精疲力尽，倒在坟墓里为止。（第二幕第一场）

超时空戏迷
真是伶牙俐齿，只要她一上场，马上充满欢声笑语。

彼德罗
您愿意嫁给我吗，小姐？

贝特丽丝
不，殿下，除非我可以再有一个家常用的丈夫；因为您是太贵重啦，只好留着在星期日装装场面。可是我要

请殿下原谅，我这一张嘴是向来胡说惯的，没有一句正经。（第二幕第一场）

莎士比亚
谁听说过一个贵族小姐敢于这么说话的，而且还是对一个亲王。历来可是只有男子把女人比作衣服，可以随时替换。

超时空戏迷
那些精彩的俏皮话，不仅妙趣横生，招来满堂笑声，而且也是她的武器。

超时空戏迷
我的婚姻——"这可要让我自己作主了"，这是一个属于新时代的女性。

汤显祖
吾国礼教森严，这样风趣又智慧的女性，怕是闻所未闻，羡甚羡甚！

超时空戏迷
《救风尘》里的赵盼儿可算一个。

汤显祖
哦，是的，那是我的前辈关汉卿的代表作。

汤显祖

霍小玉能作有情痴

Fall in love

 超时空戏迷
汤翁，您笔下的霍小玉，也是一个为了理想爱情不惜一切的女子。

 汤显祖
然也，"黄衣客强合鞋儿梦，霍玉姐穷卖燕花钗，卢太尉枉筑招贤馆，李参军重会望夫台"。吾特偏爱小玉"能作有情痴……第如李生者，何足道哉"。（《紫钗记题词》）

 超时空戏迷
《紫钗记》是您的"临川四梦"中的第一"梦"，和唐传奇比，您笔下的霍小玉，无论是形象还是命运，都有了极大的变化。

 汤显祖
霍小玉，是霍王庶女，深得霍王宠爱。天生丽质，音乐诗书，无不通解。

 鲍四娘
故霍王小女，字小玉，王甚爱之。母曰净持，净持即王之宠姬也。王初薨，诸弟兄以其出自微庶，不甚收录。因分与资财，遣居于外，易姓为郑氏，人亦不知其王女。姿质秾艳，一生未见。高情逸态，事事过人，音乐诗书，无不通解。（第四出《谒鲍述娇》）

超时空戏迷

唐传奇《霍小玉传》中的小玉自云"妾本倡家"，乃霍王婢女所生，在霍王死后便因庶出被逐，沦落娼家。您提高了小玉的身份，成了"尽日深帘人不到"的闺阁少女。*（第三出《插钗新赏》）*这样的改动为的是要强调小玉的高贵纯真吗？

汤显祖

此为原因之一也。抹去娼家阴影，更显小玉之纯情，亦为变复仇悲剧为团圆喜剧张目。

超时空戏迷

剧名《紫钗记》，想必这支定情的紫玉钗在剧中起了相当重要的作用。

汤显祖

紫玉钗是全剧的线索。《紫钗记》五十三出，以钗命名者有七出，第三出《插钗新赏》，老夫人领小玉等渭桥游玩，"望春一回"。正巧紫玉燕钗雕琢完工，老夫人见紫玉钗"玉工奇妙，红莹水晶条，学鸟图花，点缀钗头金步摇"，命人将钗与小玉戴上，"玉钗花胜如人好，今日宜春与上头"，玉钗美人相映成趣。

超时空戏迷

对啊对啊，中国戏曲里常常会有这样的信物，《桃花扇》也是这样。

汤显祖
陇西才子李益，游学长安，年过弱冠，尚未娶亲，便托歌姬鲍四娘为他寻佳配。四娘有意撮合霍、李姻缘。霍小玉"从鲍四娘处闻李生诗名"，"非常欢惬"，便"终日吟想"，有所心仪。

超时空戏迷
霍小玉虽是闺阁娇女，但面对爱情，倒是处处主动。

汤显祖
元宵灯会，小玉与母亲郑六娘、丫环浣纱观灯赏景，不小心将头上佩戴的紫玉燕钗挂在了梅树梢上，被李益捡到。小玉发觉钗子丢失，忙来寻找，两人相见。

霍小玉
鲍四娘处闻李生诗名，咱终日吟想，乃今见面不如闻名，才子岂能无貌。
李益
呀，小姐怜才，鄙人重貌，两好相映，何幸今宵。
霍小玉
钗喜落此生手也。钗，你插新妆宝镜中燕尾斜，到檀郎香袖口是这梅梢葱。（第六出《堕钗灯影》）

超时空戏迷
元宵灯节，落钗，拾钗，才子佳人的好戏就此展开。小玉还真是有心人，偶遇李益，主动而又不失优雅地暗传情愫，激励了李益的爱意。

李益
咱李十郎孤生二十年余,未曾婚娉,自分平生不见此香奁物矣。何幸遇仙月下,拾翠花前。梅者媒也,燕者于飞也。便当宝此飞琼,用为媒采。(第六出《堕钗灯影》)

超时空戏迷
这出《堕钗灯影》可说是典型的中国古代爱情戏码桥段。李益遇美痴情,小玉芳心暗许,丫鬟居中协调。

汤显祖
次日,鲍四娘受李益之托,以紫玉钗为聘说亲,小玉心中暗喜,推说需母亲定夺。郑六娘应允了婚事。

超时空戏迷
才子佳人,洞房花烛,一切圆满。但按照"洞房花烛夜,金榜题名时"的惯例,接下去就是才子赴考。那么问题就来了:但凡才子佳人到了赴考分别时,情分也减了多半。

汤显祖
天子幸洛阳,开场选士。离别在即,小玉忧惧:

霍小玉
李郎自是富贵中人,只怕富贵时撇了人也!婚姻簿是咱为妻,怕登科记注了别氏。(第十四出《狂朋试喜》)

超时空戏迷
小玉确实要担忧。中国古代戏剧小说中,"私定终身后花园,落难公子中状元"是常规情节套路,但中了状元后,公子是否还会回到后花园小姐身边再续情缘，就是三分人事七分天意了。

汤显祖

功名二字，害了多少佳偶，生出多少悲剧？李益、小玉忍悲分别，山盟海誓，双双惜别。

霍小玉

新婚未几，明日分离，如何是好，李郎。你看我为甚宫样衣裳浅画眉，只为晓莺啼断绿杨枝。春闺多少关心事，夫婿多情亦未知。妾本轻微，自知非匹，今以色爱，托其仁贤。但虑一旦色衰，恩移情替，使女萝无托，秋扇见捐。极欢之际，不觉悲生。（泣叹）

李益

平生志愿，今日获从，粉骨碎身，誓不相舍，小玉姐何发此言？请以素缣，著之盟约。……

霍小玉

（读介）水上鸳鸯，云中翡翠，日夜相从，生死无悔。引喻山河，指诚日月，生则同衾，死则共穴。李郎，此盟当藏宝箧之内，永证后期。（第十六出《花院盟香》）

超时空戏迷

霍小玉不仅有才，而且识见非比寻常。新婚燕尔之时，霍小玉就对自己的婚姻前景有着冷静的分析思考，"今以色爱，托其仁贤。但虑一旦色衰，恩移情替"，以至"极欢之际，不觉悲生"。

汤显祖

殿试发榜,李益高中状元,权贵卢太尉,专权当朝,欲从士子中选婿招赘。李益高中的消息传来,小玉欢喜中又添忧愁,"良人得意正年少,今夜醉眠何处楼"。

霍小玉

〔傍妆台〕傍妆楼,日高花榭懒梳头。咱不曾经春透,早则是被春愁。晕的个脸儿烘,哈的个眉儿皱。鸣鸠乳燕,青春正幽,游丝落絮,东风正柔。这些时做不得悔教夫婿觅封侯。〔前腔〕 锦袍穿上了御街游,怕有个做媒人阑住紫骅骝。美人图开在手,央及煞状元收。等闲便把丝鞭受,容易难将锦缆抽。笙歌昼引,平康笑留,烟花夜拥,俺秦楼诉休。恁时节费人勾管,争似不风流。(第二十出《春愁望捷》)

超时空戏迷

自隋唐科举大兴后,新科状元历来是权贵选婿首选。夫贵妻荣入不了小玉的眼,她要的是一份真情和相守。

汤显祖

卢太尉嫉恨李益不去卢府候选,表荐李益去玉门关外随军参军,不得还朝。李益只得与小玉在灞桥折柳盟誓而别。

霍小玉

李郎,以君才貌名声,人家景慕,愿结婚媾,固亦众矣。离思萦怀,归期未卜,官身转徙,或就佳姻。盟约之言,恐成虚语。然妾有短愿,欲辄指陈,未委君心,复能听否。

李益

有何罪过，忽发此辞，试说所言，必当敬奉。

霍小玉

妾年始十八，君才二十有二。逮君壮室之秋，犹有八岁。一生欢爱，愿毕此期。然后妙选高门，以求秦晋，亦未为晚。妾便舍弃人事，翦发披缁，夙昔之愿，于此足矣。（第二十五出《折柳阳关》）

超时空戏迷

小玉怕"盟和誓看成虚"，主动提出只与李益相守八年，而后李益可以"妙选高门，以求秦晋"。这八年"短愿"，绝对是惊世骇俗之举。

汤显祖

小玉之伤，小玉之悲，小玉之明，小玉之智，于此尽见，实乃至情至性之人也。

超时空戏迷

在一夫多妻的社会里，男子的仕途前程高于一切，霍小玉对婚姻的担忧，对未来的预见，一再提出要专情的要求，大大超乎了当时的礼教规范，绝对是超前意识，显现出她温柔贤淑之外的智慧与清醒。

汤显祖

李益赴边，小玉日思夜想，撰回文诗，以"既为随阳雁，勿学西流水"寄语李益。并出资支助李益之友，通风报信，以便打听李郎消息。

蓝叶郁重重，蓝花石榴色。少妇归少年，光华自相得。爱如寒炉火，弃若秋风扇。山岳起面前，相看不相见。

春至草亦生，谁能无别情。殷勤展心素，见新莫忘故。
遥望孟门山，殷勤报君子。既为随阳雁，勿学西流水。
（第三十九出《泪烛裁诗》）

超时空戏迷
小玉真是美女加才女！

汤显祖
还不止如此。卢太尉依仗权势，欲强招李益为婿。李益
推说已有妻子而未从，卢派人送信给小玉，谎称李已招
赘卢府。小玉见信，十分伤心，怨恨李益薄情，又心存狐
疑。为了寻访李益踪迹消息，她耗尽家资，变卖了信物紫
玉燕钗。

霍小玉
薄幸郎到了太尉府，容易打听，只是少赀财央及人也。
看妆台摘下玉燕钗去，卖百万钱，尽用为寻访之赀。……
[罗江怨]提起玉花钗，羞临镜台。内家好手费雕排，
上头时候送将来也。落在天街，那拾的人何在？今朝钗
股开，何年燕尾回，镇双飞闪出这妆奁外。[前腔]知他
受分该，纤纤送来。旧人头上价难裁，新人手里价难抬
也。落在谁边，他笑向齐眉戴。将他去下财，将他去插
钗，知他后来人不似俺前人卖。（第四十四出《冻卖珠钗》）

超时空戏迷
紫玉钗是霍小玉与李益的爱情信物，于今被卖，小玉该
如何心碎啊。

汤显祖

紫玉燕钗恰被卢府买去，小玉得知，悲戚难忍，"天下宁有是事乎，霍小玉钗头，到去卢家插戴也"，将卖玉得的百万钱漫天飞撒。

霍小玉

要钱何用。[下山虎]一条红线，几个开元，济不得俺闲贫贱，缀不得俺永团圆。他死图个子母连环，生买断俺夫妻分缘。你没耳的钱神听俺言，正道钱无眼，我为他叠尽同心把泪滴穿，觑不上青苔面。（撒钱介）俺把他乱洒东风，一似榆荚钱。……[五般宜]想着那初相见，长安少年，把俺似玉天仙花边笑嫣，满着他含笑拾花钿。终不然那一霎儿灯前几年，到如今那买钗人插妆鬟俨然，俺卖钗人照容颜惨然。知他是别样婵娟？也则是前生分缘。（第四十七出《怨撒金钱》）

超时空戏迷

这一段非常精彩，道出了小玉内心的深刻创痛。

汤显祖

卢太尉得知此钗乃李、霍定情物，命堂侯官之妻扮做鲍四娘姐姐鲍三娘，向李益献钗。李益见钗大惊，鲍三娘慌说小玉已另嫁他人，方变卖此钗。卢太尉胁迫李益以此钗聘娶其女，李益婉言回绝。最后在侠士黄衫客的相助下，李益、小玉相见，小玉痛责李益负心：

霍小玉

我为女子，薄命如斯。君是丈夫，负心若此。韶颜稚齿，

饮恨而终。慈母在堂,不能供养。绮罗弦管,从此永休。征痛黄泉,皆君所致。李君李君,今当永诀矣。(第五十二出《剑合钗圆》)

 汤显祖

小玉"长哭数声倒地闷绝",然后在李益的呼唤下又醒转过来,死而复生。李益说出前因后果,始知一切都是卢太尉指使人所为。李益拿出紫玉钗,"燕钗重会,与旧人从新有辉",最后嫌疑冰释,"今生重似再生缘"。

 超时空戏迷

汤翁,传奇小说中霍小玉最后是殉情而死,您为什么改为大团圆呢?

 汤显祖

"人间何处说相思,我辈钟情似此。"传奇中小玉死前立下毒誓:"我死之后,必为厉鬼,使君妻妾终日不安。"我觉得忒阴毒了些,与小玉之良善不甚相符,不如重归旧好,以偿小玉至死不渝之痴情。

 超时空戏迷

对于这样一个至情至性的霍小玉,汤翁您显然更愿意她能有善果。事实上,虽然最后皇帝封官赐婚与大团圆结局有点落入窠臼,但也使"至情"之理想得以圆满。看戏看戏,谁不想看个好结果呢?

 莎士比亚

汤翁笔下的女子,果然都是"情痴"啊!

By HIS MAJESTY's Company of Comedians,
AT THE
THEATRE ROYAL in *Drury-Lane*
To-morrow, being SATURDAY, the 14th of FEBRUARY,
Will be Prefented a COMEDY call'd

The Merchant of *Venice*.

Written by SHAKESPEAR.

The *Merchant* by Mr. *QUIN*,
Baffanio by Mr. *MILWARD*,
Gratiano by Mr. *MILLS*,
Shylock by Mr. *MACKLIN*,
Launcelot by Mr. *CHAPMAN*,
Gobbo by Mr. *JOHNSON*,
Solanio by Mr. *BERRY*.

莎士比亚

世界没有漠视她的好处

Her benefits

  超时空戏迷
莎翁，您笔下的男主人公似乎都不值一提，女主人公个个光辉耀眼，如同英雄。

 莎士比亚
确实，我总是对女主人公偏爱些。尤其是那些智慧聪明，为自己的幸福敢于挟风抗俗，甚至献出了生命的女孩。这些女孩，显然与中世纪教会所标榜的那类献身上帝、独身禁欲或唯家长意志是从的圣女、闺秀，大相径庭。

 超时空戏迷
您在构想戏剧故事时，似乎也给这样的女孩充分的腾挪空间。好比"一磅肉"的故事。

 莎士比亚
"一磅肉"是《威尼斯商人》中的一个情节。这个戏主线是几对年轻人的爱情故事，戏里的女性都是自主挑选丈夫，主动谋划保证婚姻稳定，并使丈夫忠诚于己。故事的副线，如帮助商人安东尼奥，制服犹太商人夏洛克，也都是由女性出谋划策，甚至以金钱资助。戏中充满智慧的女性是戏剧的焦点，掌控着事态的发展。

 超时空戏迷
"三匣择婿"这个情节，非常有意思。

莎士比亚
贝尔蒙脱的鲍西娅是一位富家嗣女,"长得非常美貌,尤其值得称道的,她有非常卓越的德性"。她父亲留下了一大笔丰厚的遗产,"这广大的世界也没有漠视她的好处,从每一处海岸上给她带来了声名籍籍的求婚者"。鲍西娅的父亲临终时定下了"三匣择婚"的方法,求婚者能够在金、银、铅三匣之中选中预定的那一只,便可以跟鲍西娅匹配成亲。

超时空戏迷
鲍西娅必须按照父亲的遗愿来决定自己的婚姻?

莎士比亚
鲍西娅当然不甘心。

鲍西娅
唉,说什么选择!我既不能选择我所中意的人,又不能拒绝我所憎厌的人;一个活着的女儿的意志,却要被一个死了的父亲的遗嘱所箝制。……像我这样不能选择,也不能拒绝,不是太叫人难堪了吗?(第一幕第二场)

超时空戏迷
鲍西娅既不能违背父亲的心愿,又想要选择自己喜欢的人结婚,没有点智慧,那是搞不定的。

莎士比亚
鲍西娅很聪明,看她分析各个求婚者的情况,煞是有趣,也看出她对人情世故的洞察。

鲍西娅

看他（巴拉廷伯爵）年纪轻轻，就这么愁眉苦脸，到老来只好一天到晚痛哭流涕了。我宁愿嫁给一个骷髅，也不愿嫁给这两人中间的任何一个；上帝保佑我不要落在这两个人手里！……他（法国贵族勒·滂）的马比那不勒斯亲王那一匹好一点，他的皱眉头的坏脾气也胜过那位巴拉廷伯爵。什么人的坏处他都有一点，可是一点没有他自己的特色……即使他爱我爱到发狂，我也是永远不会报答他的。(第一幕第二场)

 超时空戏迷

有趣！但是规则在前，如果让不称心的求婚者选中了预定的匣子，拒嫁不就违背老太爷的遗命了吗？

 莎士比亚

鲍西娅当然有自己的办法。

 鲍西娅

他（萨克逊公爵的侄子）在早上清醒的时候，就已经很坏了，一到下午喝醉了酒，尤其坏透……为了预防万一起见，我要请你替我在错误的匣子上放好一杯满满的莱因河葡萄酒；要是魔鬼在他的心里，诱惑在他的面前，我相信他一定会选中那一只匣子的。什么事情我都愿意做，尼莉莎，只要别让我嫁给一个酒鬼。(第一幕第二场)

 超时空戏迷

求婚者们根本无法与她斗智，一个个地都被她赶走了。

莎士比亚

在鲍西娅眼里,这一众"垂翅狂蜂方出户,寻芳浪蝶又登门"的求婚者,"正像飞蛾在烛火里伤身,这些傻瓜们自恃着聪明,免不了被聪明误了前程"。

超时空戏迷

究竟哪位是鲍西娅的意中人呢? 真是期待!

莎士比亚

最得鲍西娅青睐的是文武双全的威尼斯人巴萨尼奥,但他"并无产业,不过是以出生名门望族而自傲",是个"财产少得可怜的人"。巴萨尼奥也对鲍西娅念念不忘,为了到贝尔蒙脱向鲍西娅求婚,由朋友威尼斯商人安东尼奥作保,他向犹太商人夏洛克借贷三千块金币。

超时空戏迷

我知道巴萨尼奥,高贵的家世是他唯一的财产,可是,他背了一身债,怎么办啊!

莎士比亚

我自然有安排。摩洛哥亲王选了金匣,阿拉贡亲王选了银匣,都出局了。轮到巴萨尼奥,鲍西娅很担心。

鲍西娅

要是您选得不对,咱们就不能再在一块儿。……要是您选错了,您一定会使我起了一个有罪的愿望,懊悔我不该为了不敢背誓而忍心让您失望。……唉! 都是这些无聊的世俗礼法,使人们不能享受他们合法的权利;

所以我虽然是您的,却又不是您的。……在那三个匣子中间,有一个里面锁着我的小像;您要是真的爱我,您会把我找出来的。(第三幕第二场)

超时空戏迷
上天襄助有情人。

莎士比亚
我当然不能让巴萨尼奥辜负鲍西娅的,他选择了铅匣,"形状只能使人退走,一点没有吸引人的力量"。

巴萨尼奥
(打开)美丽的鲍西娅的副本!这是谁的神化之笔,描画出这样一位绝世的美人?(第三幕第二场)

超时空戏迷
哎呀,真是有情人终成眷属。

莎士比亚
故事还没结束呢,我总要弄点波折为难为难他们。巴萨尼奥抱得美人归,但却让他的朋友惹上了官司。为了帮助巴萨尼奥,安东尼奥以尚未回港的商船为抵押品,向夏洛克借了三千块金币。夏洛克因为安东尼奥借钱给人不要利息,影响了他的高利贷行业,又侮辱过自己,所以乘签订借款契约之机设下圈套。

夏洛克
我们不妨开个玩笑,在约里载明要是您不能按照约中所规定的条件,在什么日子、什么地点还给我一笔什么

数目的钱，就得随我的意思，在您身上的任何部分割下整整一磅白肉，作为处罚。（第一幕第三场）

超时空戏迷
这就是那个著名的"一磅肉"的赌局，但一开始谁都没料到会真的兑现。

莎士比亚
很不幸，安东尼奥的商船因为风暴失去了联系，借款期限将到，夏洛克宁可要安东尼奥身上的肉，也不愿收受多二十倍的钱，可怜的安东尼奥恐怕难逃一死了。

超时空戏迷
履行合约，在崇尚公平交易原则的商业社会里是颠扑不破的真理。

莎士比亚
鲍西娅不放心，跟着巴萨尼奥去了威尼斯。鲍西娅女扮男装扮作了律师出现在法庭上……

超时空戏迷
女扮男装！中国戏曲里也有啊，《梁祝》里的祝英台，《女驸马》里的冯素珍都是女扮男装。

祝英台
我女扮男装是为了求学，遇到梁兄那是偶然。可是，我没有鲍西娅幸运。

莎士比亚
古今中外都有这样勇敢的女孩！鲍西亚答应夏洛克可以割取安东尼奥身上任何一磅肉。只是，如果流下一滴血的话就用他的性命及财产来补赎。因为合约上只写了一磅肉，却没有答应给夏洛克任何一滴血。

鲍西亚
你必须从他的胸前割下这磅肉来；法律许可你，法庭判给你。

夏洛克
博学多才的法官！判得好！来，预备！

鲍西亚
且慢，还有别的话哩。这约上并没有允许你取他的一滴血，只是写明着"一磅肉"；所以你可以照约拿一磅肉去，可是在割肉的时候，要是流下一滴基督徒的血，你的土地财产，按照威尼斯的法律，就要全部充公。……所以你准备着动手割肉吧。不准流一滴血，也不准割得超过或是不足一磅的重量；要是你割下来的肉，比一磅略微轻一点或是重一点，即使相差只有一丝一毫，或者仅仅一根汗毛之微，就要把你抵命，你的财产全部充公。（第四幕第一场）

超时空戏迷
鲍西亚真是绝顶聪明！在"近心口的所在"割肉，不能"多一两或少一两"，还"不能流一滴血"，怎么可能！

莎士比亚
结果当然是夏洛克败诉，安东尼奥获救。法庭听从了鲍西娅"律师"的诉求，以谋害威尼斯市民的罪名没收了夏洛克的一半财产，另一半则给了安东尼奥。

超时空戏迷
在法庭上，面对贪婪狠毒的夏洛克，那些男人们，上至尊贵公爵，下至忠耿义仆，全都束手无策，哀声叹气，而鲍西娅却用过人的智慧打赢了这场原本必输无疑的官司。莎翁，真是精彩！

莎士比亚
精彩还在后头！巴萨尼奥完全没有想到眼前这位大律师就是自己的妻子。鲍西娅和侍女尼丽莎，要求用丈夫的结婚戒指作为替安东尼奥辩护的报酬，不知就里的两位丈夫虽然不太情愿，但出于感激救命之恩，只得应允。

超时空戏迷
"戒指戏夫"，有趣，但颇有深意。

莎士比亚
鲍西娅和尼丽莎先行回到了家中，待丈夫回来。丈夫手上当然没有了戒指，她们假装责备丈夫们忽视了结婚戒指的意义，丈夫们只得极力解释挽回。

巴萨尼奥
亲爱的鲍西娅，要是您知道我把这指环送给什么人，要是您知道我为了谁的缘故把这指环送人，要是您能够想到为了什么理由我把这指环送人，我又是多么舍不下这个指环，可是人家偏偏什么也不要，一定要这个指环，那时候您就不会生这么大的气了。(第五幕第一场)

超时空戏迷

鲍西娅是要提醒丈夫，贞洁不应该只是对妇女的单方面要求，妇女同样也有权要求丈夫忠于自己的妻子。是吗？

莎士比亚

是的，我偏爱这样既聪明又勇敢的女孩。

汤显祖

吾国礼教历来"父母之命，媒妁之言"，"夫者妻之天"，婚姻安排由不得自己掌控，男子尚且如此，何况女人？况且"女子无才便是德"、"女习文则淫"，女子之才情尽被贬抑。如此一比，莎翁笔下灵秀聪慧之鲍西娅小姐，能女扮男装，登堂入室，舌战群士，何其幸哉！

莎士比亚

西方传统本质上也是男尊女卑，女子始终处于父权、夫权、政权、教权和族权为中心的社会的边缘。一个颇有才气的姑娘，只要敢于舞文弄墨，彰显自己的才华，就会招致敌视嘲弄，甚至被认为是女巫，身体和精神备受摧残。

超时空戏迷

正因如此，两位大师笔下那些智慧美丽的女性，才尤为光彩照人。

蠧卢生梦醒黄粱

Daydream

超时空戏迷

法国文学家左拉在评价巴尔扎克和司汤达时说过:"他们伟大,因为他们描绘了他们的时代,而不是因为他们杜撰了一些故事。"在我看来,两位大师的作品也有这样突出的特点。

莎士比亚

自有戏剧以来,它的目的始终是反映自然,显示善恶的本来面目,给它的时代看一看它自己演变发展的模型。

(《哈姆莱特》第三幕第二场)

汤显祖

胸中郁积,陶写未尽,则发而为词曲。用他人故事,浇自己块垒。

超时空访客:

汤翁,您的《邯郸记》用了"黄粱梦"的故事,您要表达的是怎样的人生体悟?

汤显祖

卢生乃一落魄士人,其祖上为鼎鼎有名的范阳卢氏,然到卢生时却已经落魄至极,年近三十仍无妻室,不得不骑驴到田间劳动。卢生不满目下境遇,"大丈夫生世不谐,而穷困如是乎"。他依然向往荣华富贵:"大丈夫当建功树名,出将入相,列鼎而食,选声而听,使宗族茂盛而家用肥饶，然后可以言得意也。"飞黄腾达是其梦想。仙人吕洞宾在知晓卢生心愿后，通过梦境方式，让卢生过上渴望已久之富贵生活，最终点化了他。

超时空戏迷

卢生是个典型的中国传统知识分子形象，生活落魄，心中却又向往功名富贵。"朝为田舍郎，暮登天子堂"，是众多下层士人毕生的目标。卢生仅靠数亩荒田为生，却一直梦想着有朝一日能出将入相。可怜啊！

汤显祖

身在其中，倒也不觉得可怜了。婚姻、功名、子女及长生不老，是卢生俗世生活之理想。卢生跳进吕洞宾之磁枕，忽见前面一条官道，行不多远，见一座红粉高墙大院。卢生误入崔氏宅院，即被招赘。借助婚姻，卢生一步登天，摆脱了穷困潦倒，跨入锦衣玉食富贵温柔乡，达成了人生的第一个理想。

超时空戏迷

对于一个充满幻想的年轻人而言，婚姻是人生最为美妙的开场。"洞房花烛夜，金榜题名时。"这第二桩好事呢？

汤显祖

卢生藉崔氏妻巨额财资，"纳资而为郎，亦以财而发身"，钱财贿赂，铺垫出一条通达权势之大路，科考高中状元，继而在朝中权势日隆。

超时空戏迷
真是婚姻和事业双丰收，人生第二个理想就这么实现了。令吾辈真是羡慕嫉妒恨啊！

汤显祖
延续高门，封妻荫子，亦是卢生所梦寐以求。贵显之后，荫及子孙，"公侯之子，卿相之孙"，"不必学书学剑，自然允武允文"。卢生为崔氏谋取封诰，为儿子们赚取前程，兢兢业业，直至临死，还在为小儿子讨要官位。

卢生
老夫有个孽生之子卢倚年小……本爵止叙边功，还有河功未叙，意欲和这小的儿再讨个小小荫袭。……要知忍死求恩泽，且尽余生答圣明。（第二十九出《生寤》）

超时空戏迷
封妻荫子，使官二代三代延续，在传统中国社会中算是最高成功了。这就是卢生的第三个理想了。

汤显祖
当功名利禄、封妻荫子都趋圆满，便以满足自身肉欲、延长生命为渴望，卢生以八十岁高龄仍施采占之术，意图实现第四理想——长生不老。

超时空戏迷
纵欲过度，晚节不保！

汤显祖
卢生之成功,皆因一桩豪门婚姻。功名利禄,封妻荫子,长生不老,诸般愿望。"黄粱梦"中的卢生充分体现了人性中的贪婪欲望。

超时空戏迷
汤翁,《邯郸记》并不简单说欲望,您将卢生人生理想的实现与官场的丑恶荒谬交织在了一起。

汤显祖
学成文武艺,货与帝王家。卢生用金钱买得状元,皇帝钦命卢生为翰林学士兼知制诰,赐宴曲红池。卢生在宴上作诗,有"天子门生带笑来"之句。考官宇文融以为卢生恃才气傲,不把自己当做恩师,一心要寻机会报复卢生。

超时空戏迷
现实亦是如此。

汤显祖
卢生趁掌制诰之便私自写下崔氏封诰,被宇文融告发。卢生被贬到陕州任知州,凿石修路开河。陕州地处华阴山外,三百里官路尽是顽石,粮运艰难,开河工程极为艰巨。卢生用火烧、醋浇之法,很快开通了河道。

超时空戏迷
既"买得状元",又"谋取封诰",再开河立功,卢生的晋升之路真真荒谬好笑。

汤显祖

卢生通晓官场秘诀，陕州开河三百里，为表功于是奏请皇上东游赏景。皇帝一路乘舟而玩，卢生费尽心思，兴师动众，征集一千名采菱女为皇帝棹歌助兴，献上崔氏特备的牙盘一千品，"江南粮饷，各路珍奇，逐队焚香，奏他本土之乐"（第十四出《东巡》），极尽奢靡。铸铜牛，刻碑铭，阿谀奉承，讨得皇帝开心。

超时空戏迷

卢生"有才"！

汤显祖

边关急报，吐蕃杀过长城。宇文融又荐卢生挂帅征战，借机加害。卢生到了河西，得知吐蕃王手下一文一武甚是厉害，卢生巧用离间计，让吐蕃王疑丞相悉那罗谋反而杀了他。乘势进兵，打败吐蕃大将热龙莽，拓疆千里，勒功天山。卢生也因此被封为定西侯，食邑三千户。

超时空戏迷

万里觅封侯，卢生又一次到达了人生"顶峰"。

汤显祖

宇文融密奏卢生私通蕃将，欲图不轨。天子不辨，即命人把卢生押赴云阳市斩首。崔氏携子去午门喊冤，皇上免卢生不死，将其发配广南鬼门关。卢生经历千辛万苦到得鬼门关，又险些被司户害死。三年后，吐蕃归降大唐，带西蕃十六国侍儿朝贺。得知卢生为雁足之书衔冤，吐蕃国侍子为卢生辩冤，皇上又见崔氏所织回文绵，方明白卢生之冤，立即令将宇文融问斩。卢生回京，加封赵国公，食邑五千户，官上柱国太师，崔氏封为赵国夫人，四个儿子也都封了高官。

超时空戏迷
昔为阶下囚，今成人上人。卢生的命运，就像过山车。

汤显祖
既成人上人，便极享富贵。皇上因卢生功勋，赐田三万顷，园二十一所，女乐二十四名，湖山楼台二十八所。卢生相国二十余年，八十有余，纵欲得病，虽荣显已极，终归天而去。

超时空戏迷
汤翁，您用"误入崔宅"、"买得状元"、"谋取封诰"、"索要官位"、"采占二十四位女乐"等情节，把卢生的人生理想拉入到了世俗生活的真实图景中，既让我们看到了一个落魄文人的理想演进，也通过他的遭际演绎了一出官场现形记。

汤显祖
卢生的"黄粱梦"荒诞离奇：误入崔宅，却被逼成婚；休提功名，却前往长安博取功名；不愿得罪他人，却屡遭陷害。卢生因琐事得罪权臣宇文融，宇文就此百般构陷谗害，使卢生宦海浮沉，忽而被贬陕州治河，忽而被逼戍边御敌；忽而获罪将被砍头，忽而又被押送鬼门关。此一生经历，卢生这样总结：

卢生
寒窗苦,滞选场,瘦田中蹇驴来往,猛然间闯入卿门,平白地天门看榜。命直着簸箕无状,手爬沙去开河运粮,手提刀去胡沙战场。险些儿剑死云阳,贬炎方受瘴。

(第二十九出《生寤》)

超时空戏迷
卢生的"黄粱梦"经历的是荒诞的人生,这里面应该折射出一个文人在现实政治生涯中的尴尬境遇。

汤显祖
卢生"为功名想得成痴",现实本相却是"过去了八十载人我是非,挣醒来端然一梦"。最终美梦惊醒,黄粱米饭尚未煮熟,吕洞宾告之,那些儿子都是店里鸡犬所变,崔氏是那驴子所变。富贵荣华只是黄粱一梦。

超时空戏迷
功名利禄,富贵权势,卢生因欲望而膨胀,也因贪欲而堕落,费尽心机,最后不过黄粱一梦。

汤显祖
最后八仙出场,提领引导卢生,将人世间所有"宠辱得丧生死之情"都归之于梦幻,"把人情世故都高谈尽,要你世上人梦回时心自忖"。

超时空戏迷
人生如梦。

THE
Tragicall Historie of
HAMLET,
Prince of Denmarke.

By William Shakespeare.

Newly imprinted and enlarged to almost as i
againe as it was, according to the true and p
Coppie.

莎士比亚

生存还是毁灭

To be or not to be

超时空戏迷

汤翁，您用黄粱梦故事作警世通言，但现实中深陷功名利禄的文人，又有多少能够如卢生一般顿悟呢？恐怕更多的是徘徊在欲望的虚幻和现实的残酷之间，孤独地品尝这两难境地的痛苦与无奈吧！莎翁，请教您的看法。

 莎士比亚

这是一个颠倒混乱的时代，唉，倒霉的我却要负起重整乾坤的责任！（《哈姆莱特》第一幕第五场）

 超时空戏迷

经典中的经典——《哈姆莱特》。

 莎士比亚

这个剧本创作于1602年，一个丹麦王子为父报仇的故事。

 超时空戏迷

《哈姆莱特》有个别名叫《王子复仇记》，但显然您并不满足于一个复仇故事，您是想借丹麦八世纪的历史来反映十六世纪末、十七世纪初英国的社会现实。通过哈姆莱特这个人物，对潜伏着隐患、使人忧虑的社会现实进行深入的观察和思考。

 莎士比亚

您有研究啊！

汤显祖
真戏迷!

莎士比亚
《哈姆莱特》表现的是一个黑白颠倒、是非混淆的世界。戏一开场就描写了丹麦动乱不安的局面,人们感到世界的末日到了。新国王克劳狄斯为权势美色所诱惑,以杀兄之暴行,夺取了哈姆莱特父亲的王位,霸占了王后。又用奸诈毒辣的手段,企图置哈姆莱特于死地。他之所以敢于如此胆大妄为,是因为"在这贪污的人世,罪恶的镀金的手也许可以把公道推开不顾,暴徒的赃物往往成为枉法的贿赂"(第三幕第三场)。上帝似已不复存在,既然如此,他也就无所顾忌、为所欲为了。

超时空戏迷
克劳狄斯是一个被贪欲吞噬了灵魂的奸雄,极端贪婪的利己主义者。剧中"颠倒混乱"的环境直指欧洲在中世纪行将崩溃时社会动荡和精神混乱的景象。

莎士比亚
王后乔特鲁德经不住情欲的引诱,丈夫去世不过一个月,便不顾叔嫂身份和道德约束,嫁给了小叔子克劳狄斯。

哈姆莱特
脆弱啊,你的名字就是女人!短短的一个月以前,她哭得像个泪人儿似的,送我那可怜的父亲下葬;她在送葬的时候所穿的那双鞋子还没有破旧,她就,她就——上帝啊!一头没有理性的畜生也要悲伤得长久一些——她就嫁给我的叔父，我的父亲的弟弟，可是他一点不像我的父亲，正像我一点不像赫剌克勒斯一样。只有一个月的时间，她那流着虚伪之泪的眼睛还没有消去红肿，她就嫁了人了。啊，罪恶的匆促，这样迫不及待地钻进了乱伦的衾被！（第一幕第二场）

超时空戏迷
父王突然驾崩，母后匆匆改嫁，哈姆莱特难以接受。

莎士比亚
不仅如此，哈姆莱特昔日的朋友，如今也成了克劳狄斯的密探。大臣波洛涅斯趋炎附势，世故而圆滑。邻国挪威的王子福丁布拉斯则窥视着丹麦的局势，随时准备发动战争夺取丹麦的领土和王位。

超时空戏迷
一个充满危险和阴谋，为个人私欲所驱使的世界。

莎士比亚
在这样的环境里，哈姆莱特不能不绝望——

哈姆莱特
人世间的一切在我看来是多么可厌、陈腐、乏味而无聊！哼！哼！那是一个荒芜不治的花园，长满了恶毒的莠草。（第一幕第二场）

莎士比亚
失落了上帝，而魔鬼却活着，世界变成了"冷酷的人间"，变成了理性精神死亡了的荒原。这是一个面临信仰危机、精神危机的"颠倒混乱"的时代,这便是文艺复兴后期的英国和欧洲社会的真实图景,历史上还从来未曾出现过如此放纵情欲的时代。

超时空戏迷
哈姆莱特原先可是一个"快乐王子"啊。

莎士比亚
是啊,哈姆莱特在威登堡大学念书时,接受了人文主义思想的熏陶,在他眼里"负载万物的大地"是"一座美好的框架","覆盖众生的苍穹"是"一顶壮丽的帐幕",是"金黄色的火球点缀着的庄严的屋宇"。(第二幕第二场)

超时空戏迷
那时的哈姆莱特怀着对世界美好的想象,像所有经历青春的少男少女。

哈姆莱特
人类是一件多么了不得的杰作!多么高贵的理性!多么伟大的力量!多么优美的仪表!多么文雅的举动!在行为上多么像一个天使!在智慧上多么像一个天神!宇宙的精华!万物的灵长!(第二幕第二场)

超时空戏迷
难怪他将父亲看成是一个十全十美的理想君王,将母亲看成是圣母一样纯洁的女性。父亲是理想的化身,母亲则是爱的象征。

莎士比亚
父王的鬼魂，告诉了哈姆莱特一切真相。

父王鬼魂
当我按照每天午后的惯例，在花园里睡觉的时候，你的叔父乘我不备，悄悄溜了进来，拿着一个盛着毒草汁的小瓶，把一种使人麻痹的药水注入我的耳腔之内，那药性发作起来，会像水银一样很快地流过全身的大小血管，像酸液滴进牛乳一般把淡薄而健全的血液凝结起来；它一进入我的身体，我全身光滑的皮肤上便立刻发生无数疱疹，像害着癫病似的满布着可憎的鳞片。这样，我在睡梦之中，被一个兄弟同时夺去了我的生命、我的王冠和我的王后；甚至于不给我一个忏罪的机会，使我在没有领到圣餐也没有受过临终涂膏礼以前，就一无准备地负着我的全部罪恶去对簿阴曹。（第一幕第六场）

超时空戏迷
多么残酷的真相，把哈姆莱特逼出了王子的象牙塔。

莎士比亚
冷酷的现实把哈姆莱特往昔的理想和乐观碾碎了，精神颓唐，变成了"忧郁王子"。

哈姆莱特
仿佛负载万物的大地，这一座美好的框架，只是一个不毛的荒岬；这个覆盖众生的苍穹，这一顶壮丽的帐幕，这个金黄色的火球点缀着的庄严的屋宇，只是一

大堆污浊的瘴气的集合。人类是一件多么了不得的杰作！多么高贵的理性！多么伟大的力量！多么优美的仪表！多么文雅的举动！在行为上多么像一个天使！在智慧上多么像一个天神！宇宙的精华！万物的灵长！可是在我看来，这一个泥土塑成的生命算得了什么？人类不能使我发生兴趣；不，女人也不能使我发生兴趣。（第二幕第二场）

超时空戏迷
哈姆莱特对奥菲利娅的态度，前后似乎很矛盾，莎翁，您的用意是什么？

莎士比亚
奥菲利娅是单纯透明水仙般的女孩，是哈姆莱特的初恋情人，美好纯洁的象征。但母亲再嫁，打破了王子对爱情的幻想。

哈姆莱特
你（王后）的行为可以使贞节蒙污，使美德得到了伪善的名称；从纯洁的恋情的额上取下娇艳的蔷薇，替它盖上一个烙印；使婚姻的盟约变成博徒的誓言一样虚伪；啊！这样一种行为，简直使盟约成为一个没有灵魂的躯壳，神圣的婚礼变成一串谵妄的狂言；苍天的脸上也为它带上羞色，大地因为痛心这样的行为，也罩上满面的愁容，好像世界末日就要到来一般。（第三幕第四场）

莎士比亚
陷于悲愤疯狂中的王子，像一把出鞘的锋利的剑，时刻想刺向敌人，同时也伤害了自己和他的爱人。

哈姆莱特

要是你既贞洁又美丽，那么你的贞洁应该断绝跟你的美丽来往。

奥菲利娅

殿下，难道美丽除了贞洁以外，还有什么更好的伴侣吗？

哈姆莱特

嗯，真的；因为美丽可以使贞洁变成淫荡，贞洁却未必能使美丽受它自己的感化；这句话从前像是怪诞之谈，可是现在时间已经把它证实了。我的确曾经爱过你。

奥菲利娅

真的，殿下，您曾经使我相信您爱我。

哈姆莱特

你当初就不应该相信我，因为美德不能熏陶我们罪恶的本性；我没有爱过你。

奥菲利娅

那么我真是受了骗了。……

……

哈姆莱特

我说，我们以后再不要结什么婚了；已经结过婚的，除了一个人以外，都可以让他们活下去；没有结婚的不准再结婚，进尼姑庵去吧，去。（第三幕第一场）

超时空戏迷

疯狂的话语里是深深的痛苦，原本那么纯洁的初恋，就这么毁了。

莎士比亚

奥菲利娅疯了，但还是美的。

王后
她爬上一根横垂的树枝,想要把她的花冠挂在上面;就在这时候,一根心怀恶意的树枝折断了,她就连人带花一起落下呜咽的溪水里。她的衣服四散展开,使她暂时像人鱼一样漂浮水上;她嘴里还断断续续唱着古老的谣曲,好像一点不感觉到她处境的险恶,又好像她本来就是生长在水中一般。可是不多一会儿,她的衣服给水浸得重起来了,这可怜的人歌儿还没有唱完,就已经沉到泥里去了。(第四幕第七场)

超时空戏迷
自古红颜多薄命! 您让她死得如此凄美,也是"善待"了。

莎士比亚
王子的心在滴血,奥菲莉娅的死,客观上也推进了王子的复仇计划。

超时空戏迷
哈姆莱特想要复仇,却举棋不定,迟迟不付诸行动。究竟是因为邪恶势力过于强大,他还不能胜任"重整乾坤"的重任,还是因为他的忧郁犹疑的性格使然?

莎士比亚
哈姆莱特本是一个聪明绝顶的王子,他对哲学、文艺、社会、人生都有自己的思考。他语言机智敏捷,善于计谋。面对强劲的对手,他只能用装疯的方式来掩饰内心的狂涛巨浪。他对国王、王后和老臣波洛涅斯态度各不相同,有时嘻笑嘲弄,有时旁敲侧击,有时如怒目金刚。

超时空戏迷

这样一个高傲聪明的王子，佯装疯狂，作出一副痴傻相，还要随时提防脚下的陷阱，确实需要惊人的毅力。

莎士比亚

哈姆莱特需要时间，需要时间认清现实，也需要时间认识自己，思考生存的价值。

哈姆莱特

生存还是毁灭，这是一个值得考虑的问题。默然忍受命运的暴虐的毒箭，或是挺身反抗人世的无涯的苦难，通过斗争把它们扫清，这两种行为，哪一种更高贵？死了，睡着了，什么都完了。要是在这一种睡眠之中，我们心头的创痛，以及其他无数血肉之躯所不能避免的打击，都可以从此消失，那正是我们求之不得的结局。死了，睡着了，睡着了也许还会做梦，嗯，阻碍就在这儿：因为当我们摆脱了这一具朽腐的皮囊以后，在那死的睡眠里，究竟将要做些什么梦，那不能不使我们踌躇顾虑。人们甘心久困于患难之中，也就是为了这个缘故。谁愿意忍受人世的鞭挞和讥嘲、压迫者的凌辱、傲慢者的冷眼、被轻蔑的爱情的惨痛、法律的迁延、官吏的横暴和费尽辛勤所换来的小人的鄙视，要是他只要用一柄小小的刀子，就可以清算他自己的一生？谁愿意负着这样的重担，在烦劳的生命的压迫下呻吟流汗，倘不是因为惧怕不可知的死后，惧怕那从来不曾有一个旅人回来过的神秘之国，是它迷惑了我们的意志，使我们宁愿忍受目前的磨折，不敢向我们所不知道的痛苦飞去？这样，重重的顾虑使我们全变成了懦夫，决心的赤热的光彩, 被审慎的思维盖上了一层灰色, 伟大的事业在这一种考虑之下, 也会逆流而退, 失去了行动的意义。(第三幕第一场)

超时空戏迷
确实不能简单地将哈姆莱特在精神探索过程中的内心冲突, 看作是他的软弱犹豫。

莎士比亚
复仇, 应该是一个有预谋有计划的行动, 不是靠莽撞行事所能成功的。

超时空戏迷
戏中戏, 堪称经典。

哈姆莱特
我听人家说, 犯罪的人在看戏的时候, 因为台上表演的巧妙, 有时会激动天良, 当场供认他们的罪恶; 因为暗杀的事情无论干得怎样秘密, 总会借着神奇的喉舌泄露出来。我要叫这班伶人在我的叔父面前表演一本跟我的父亲的惨死情节相仿的戏剧, 我就在一旁窥察他的神色; 我要探视到他的灵魂的深处, 要是他稍露惊骇不安之态, 我就知道我应该怎么办。我所看见的幽灵也许是魔鬼的化身, 借着一个美好的形状出现, 魔鬼是有这一种本领的; 对于柔弱忧郁的灵魂, 他最容易发挥他的力量; 也许他看准了我的柔弱和忧郁, 才来向我作祟, 要把我引诱到沉沦的路上。我要先得到一些比这更切实的证据; 凭着这一本戏, 我可以发掘国王内心的隐秘。(第二幕第二场)

超时空戏迷

戏中戏巧妙地证实了鬼魂的话，也起到了敲山震虎的作用。当哈姆莱特看见克劳狄斯一个人在祷告时，本想决定"现在就干"，但又放弃了这个机会，为什么错失良机？

莎士比亚

按照圣经的教义，在忏悔中的人被杀后是会进入天堂的，想想但丁所描绘的地狱里鬼魂们所受煎熬之苦，就可以理解哈姆莱特此时的行为了。请再细读这一段独白——

哈姆莱特

他现在正在祈祷，我正好动手；我决定现在就干，让他上天堂去，我也算报了仇了。不，那还要考虑一下：一个恶人杀死我的父亲；我，他的独生子，却把这个恶人送上天堂。啊，这简直是以恩报怨了。他用卑鄙的手段，在我父亲满心俗念、罪孽正重的时候乘其不备把他杀死；虽然谁也不知道在上帝面前，他的生前的善恶如何相抵，可是照我们一般的推想，他的孽债多半是很重的。现在他正在洗涤他的灵魂，要是我在这时候结果了他的性命，那么天国的路是为他开放着，这样还算是复仇吗？不！收起来，我的剑，等候一个更惨酷的机会吧；当他在酒醉以后，在愤怒之中，或是在乱伦纵欲的时候，有赌博、咒骂或是其他邪恶的行为的中间，我就要叫他颠踬在我的脚下，让他幽深黑暗不见天日的灵魂永堕地狱。我的母亲在等我。这一服续命的药剂不过延长了你临死的痛苦。（第三幕第三场）

超时空戏迷

复仇是一门艺术,不仅要在物质上消灭敌人,还要在精神上摧毁敌人,这才是完美的复仇。

莎士比亚

一旦开始行动,哈姆莱特迅疾而果断。当他误认为藏在帷幕后面偷听的波洛涅斯是凶恶的国王时,义无反顾地拔剑将其刺死。克劳狄斯以波洛涅斯的儿子要复仇为由,要将哈姆莱特送往英国,准备借英王之手除掉哈姆莱特。哈姆莱特识破了诡计,巧作安排,化险为安,中途返回了丹麦。

超时空戏迷

等待他的,却是奥菲莉娅的葬礼。

莎士比亚

克劳狄斯挑拨奥菲利娅的哥哥同哈姆莱特决斗,并在暗中准备了毒剑和毒酒。王后喝下了毒酒,中毒而死。决斗中,哈姆莱特中了毒剑,但他夺过剑后又击中了对方,奥菲利娅的哥哥在死前揭露了克劳狄斯的阴谋。哈姆莱特拼尽最后的力气,用手中的毒剑杀死了克劳狄斯,自己也毒发死亡。

超时空戏迷

虽然哈姆莱特最后没有完成自己的全部使命,但他用生命获得了道义上的胜利,难怪最后您用军乐与鸣炮为他送行,平添一层英雄色彩。

莎士比亚

福丁布拉斯让四个将士把哈姆莱特像一个军人似的抬到台上，因为"要是他能够践登王位，一定会成为一个贤明的君主的。为了表示对他的悲悼，我们要用军乐和战地的仪式，向他致敬"。（第五幕第二场）

超时空戏迷

莎翁，您通过哈姆莱特这一形象对人文主义理想与现实的矛盾作出了深刻的思考，引人深思。

THE
HISTORY
OF
KING
LEAR.

Acted at the
Duke's Theatre.

Reviv'd with Alterations.

莎士比亚

天道究竟还是有的

Heaven

超时空戏迷

莎翁，您在多部剧作中都探讨了人类精神的终极价值，人性经由苦难的历练才得以升华与完美，《李尔王》最为著名。

莎士比亚

《李尔王》作于1605年，戏中人物众多，有两条线索，第一条围绕李尔王及三个女儿进行，第二条讲的是葛罗斯特伯爵及两个儿子之间的故事。戏中实际上塑造了三类人：考狄利娅、肯特、爱德伽代表的是至真、至善、至爱的人性，这是人本应具有的美好；高纳里尔、里根和爱德蒙，他们邪恶、残酷，是悲剧的直接制造者，最后难逃灭亡；李尔和葛罗斯特，则代表人性的复杂。

超时空戏迷

《李尔王》更多展现的是人性的多面与复杂，有着浓郁的忏悔救赎气氛。

莎士比亚

"人性"的探索是我的永恒主题，而救赎也是摆脱苦难的唯一通道。

超时空戏迷

李尔王分国，是推进剧情发展的关节点，也可说是人性的试金石。

莎士比亚

李尔年迈体衰，决定把国土分给三个女儿。原意是为了避免在他死后姐妹间争权夺利，造成纷乱。同时他也希望通过分赠国土，来得到女儿们的挚爱、关心和阿谀奉承。

李尔

孩子们，在我还没有把我的政权、领土和国事的重任全部放弃以前，告诉我，你们中间哪一个人最爱我？我要看看谁最有孝心，最有贤德，我就给她最大的恩惠。

（第一幕第一场）

超时空戏迷

李尔王的人生悲剧，自"看错人"始。他看错了三个女儿：大女儿高纳里尔、二女儿里根，以及三女儿考狄利娅。

莎士比亚

是的，昏庸的李尔仅凭女儿们的言语来判断对他爱的程度，阿谀奉承的大女儿和二女儿均赢得了李尔王的喜爱和垂青。相反，深信爱心比口才"更富有"的小女儿，因为只用最真诚朴实的言语表达对父亲的挚爱，而遭到李尔王的抛弃。

李尔

现在，我的宝贝，虽然是最后的一个，却并非最不在我的心头；法兰西的葡萄和勃艮第的乳酪都在竞争你的青春之爱；你有些什么话，可以换到一份比你的两个姊姊更富庶的土地？说吧。

考狄利娅

父亲，我没有话说。

李尔

没有？

考狄利娅

没有。

李尔

没有只能换到没有，重新说过。

考狄利娅

我是个笨拙的人，不会把我的心涌上我的嘴里；我爱您只是按照我的名分，一分不多，一分不少。

李尔

怎么，考狄利娅！把你的话修正修正，否则你要毁坏你自己的命运了。

考狄利娅

父亲，您生下我来，把我教养成人，爱惜我、厚待我；我受到您这样的恩德，只有恪尽我的责任，服从您、爱您、敬重您。我的姊姊们要是用她们整个的心来爱您，那么她们为什么要嫁人呢？要是我有一天出嫁了，那接受我的忠诚的誓约的丈夫，将要得到我的一半的爱、我的一半的关心和责任；假如我只爱我的父亲，我一定不会像我的两个姊姊一样再去嫁人的。

李尔

你这些话果然是从心里说出来的吗？

考狄利娅

是的，父亲。

李尔

年纪这样小，却这样没有良心吗？

考狄利娅

父亲，我年纪虽小，我的心却是忠实的。

李尔

好，那么让你的忠实做你的嫁奁吧。凭着太阳神圣的光辉，凭着黑夜的神秘，凭着主宰人类生死的星球的运行，我发誓从现在起，永远和你断绝一切父女之情和血缘亲属的关系，把你当做一个路人看待。啖食自己儿女的生番，比起你，我的旧日的女儿来，也不会更令我憎恨。（第一幕第一场）

 超时空戏迷

李尔凭着女儿们的口头承诺来判断孝心，也太糊涂了。

 莎士比亚

是啊，小女儿考狄利娅被剥夺了继承权，赶出家门，远嫁法兰西国王。令李尔始料未及的是，一旦他卸下王袍，迎接他的就是不幸和灾难。珍贵得胜过眼睛的父王，现在成了放弃了权力还想耍威风的"老废物"。两个狠毒的女儿首先把矛头指向李尔的一百个全副武装的卫士。十五天之后，大女儿便将卫士裁撤了一半。

 超时空戏迷

这只是李尔厄运的开端。

 莎士比亚

当李尔游猎归来，从盛怒的大女儿口中得知这一消息时，有如五雷轰顶——

李尔

你是我的女儿吗？……这儿有谁认识我吗？这不是李尔。是李尔在走路吗？在说话吗？他的眼睛呢？他的知觉迷乱了吗？他的神志麻木了吗？嘿！他醒着吗？没有的事。谁能够告诉我，我是什么人？（第一幕第四场）

 超时空戏迷

真是荒诞的诘问，李尔觉醒了吗？

 莎士比亚

此时李尔依然满脑子痴愚的妄想，傲然地宣布：

 李尔

地狱里的魔鬼，备起我的马来，召集我的侍从。没有良心的贱人！我不要麻烦你，我还有一个女儿哩。……我相信她是孝顺我的……你以为我一辈子也不能恢复我的原来的威风了吗？好！你瞧着吧！（第一幕第四场）

 超时空戏迷

半个月前还呼风唤雨、执掌国家、操纵人命的李尔王，现在连立锥之地都没有了，真是讽刺。

 莎士比亚

两个女儿联手对付父亲，把他的侍卫由五十削到二十五，最后二女儿决定一个也不需要！李尔痛心疾首：

 李尔

你是我的肉、我的血、我的女儿；或者还不如说是我身体上的一个恶瘤，我不能不承认你是我的；你是我的腐败的血液里的一个疖子、一个瘀块、一个肿毒的疔疮。

（第二幕第四场）

超时空戏迷
这父亲说话也够狠的！

莎士比亚
狂风暴雨之夜，李尔被女儿们撵出了家门。他当安乐王的迷梦彻底破灭了。

李尔
尽管轰着吧！尽管吐你的火舌，尽管喷你的雨水吧！雨、风、雷、电，都不是我的女儿，我不责怪你们的无情；我不曾给你们国土，不曾称你们为我的孩子，你们没有顺从我的义务；所以，随你们的高兴，降下你们可怕的威力来吧，我站在这儿，只是你们的奴隶，一个可怜的、衰弱的、无力的、遭人贱视的老头子。可是我仍然要骂你们是卑劣的帮凶，因为你们滥用上天的威力，帮同两个万恶的女儿来跟我这个白发的老翁作对。啊！啊！这太卑劣了！（第三幕第二场）

超时空戏迷
李尔王披头散发，在狂风暴雨中癫狂奔跑。

莎士比亚
滔滔的雨水冲刷了李尔的灵魂，涤荡了身体的污垢，他可以对自己的行为作出公正的裁判了。我想他在灾难中体会百姓的疾苦，那个骄狂、跋扈、痴愚、褊狭的李尔变样

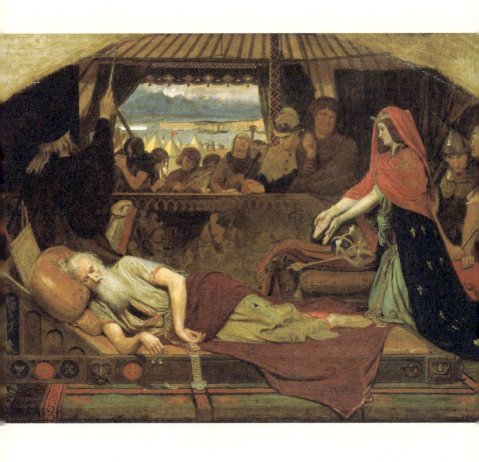

了，成为一个懂得慈悲、怜悯与同情的人。

李尔
你们这些无家可归的人——你进去吧。我要祈祷，然后我要睡一会儿。衣不蔽体的不幸的人们，无论你们在什么地方，都得忍受着这样无情的暴风雨的袭击，你们的头上没有片瓦遮身，你们的腹中饥肠雷动，你们的衣服千疮百孔，怎么抵挡得了这样的气候呢？啊！我一向太没有想到这种事情了。安享荣华的人们啊，睁开你们的眼睛来，到外面来体味一下穷人所忍受的苦，分一些你们享用不了的福泽给他们，让上天知道你们不是全无心肝的人吧！（第三幕第四场）

超时空戏迷
在饥寒交迫颠沛流离之中，李尔王尝到了凄凉的滋味，学会了推己及人。他关心的不再是一己的得失，而是普天下人民的灾难，由"怜己"上升到"仁爱"。莎翁，这就是你要表达的吧？

莎士比亚
是的，他不仅彻底看清了两个女儿的真面目，还认清了世道的荒淫和罪恶。

超时空戏迷
莎翁，您写出了李尔王癫狂表象下的清醒，法国学者福柯与您所见略同：

福柯
这种癫狂的合理性在于它是真实的……癫狂，以其粗

野、难控制的语言极力宣扬自身所具有的意义。处在妄想状态时，它就吐出其神秘的真理，并大声为其良心辩护。（《疯癫与文明》）

莎士比亚

《李尔王》的另一条线索，葛罗斯特伯爵和亲生儿子爱德伽、私生子爱德蒙的故事，一言蔽之，也是"看错人"。忠诚的爱德伽因爱德蒙的谗言而被赶出家门，而花言巧语却心怀叵测的爱德蒙差一点夺得了继承权。葛罗斯特最后被残忍地挖掉双眼，其始作俑者正是他曾经宠信有加的爱德蒙。当名存实亡的李尔王不过是李尔的时候，当伯爵不过是凄惨难民的时候，他们才恢复了良知，变得耳聪目明，才能看清周围人的本来面目。

葛罗斯特

我没有路，所以不需要眼睛；当我能够看见的时候，我也会失足颠仆。我们往往因为有所自恃而失之于大意，反不如缺陷却能对我们有益。（第四幕第一场）

超时空戏迷

您让李尔王疯癫，让葛罗斯特失明，是要告诉我们：人们在"心明眼亮"时往往鬼迷心窍、昏聩不明，而疯癫失明之时却能认清事物的本来面目。那李尔的结局呢？

莎士比亚

考狄利娅在法国得知李尔王的困境之后，立刻组织了一支军队，秘密在英国登陆。与此同时，李尔的另外两个女儿，高纳里尔与里根，都爱上了为了得到王位陷害父亲与哥哥的爱德蒙，互相争风吃醋。孤军作战的考狄利娅被姐姐们打败，她和李尔王都被抓了起来。父女竟在监狱中相会。

考狄利娅

啊，我的亲爱的父亲！但愿我的嘴唇上有治愈疯狂的灵药，让这一吻抹去了我那两个姊姊加在你身上的无情的伤害吧！……假如你不是她们的父亲，这满头的白雪也该引起她们的怜悯。这样一张面庞是受得起激战的狂风吹打的吗？它能够抵御可怕的雷霆吗？（第四幕第七场）

超时空戏迷

这段父女相会的戏，也常被称作是莎剧中最动人的场面，考狄利娅身上闪烁着圣女仁慈的光芒，也使得整部戏在阴郁沉闷中有了一抹神圣的亮色。

莎士比亚

考狄利娅身上体现了人类最美好的感情——仁慈、怜悯和纯爱。

莎士比亚

苦难具有净化人灵魂和赎罪的作用，李尔和考狄利娅双双入狱后，当着考狄利娅的面，李尔忏悔了他往日的愚蠢，并恳求女儿的宽恕。

超时空戏迷

李尔的灵魂得到了救赎。

莎士比亚

危险又在逼近！邪恶的爱德蒙发出了秘密处决李尔和考

狄利娅的命令，虽然李尔王杀死了暗杀小女儿的凶手，但考狄利娅还是死了。

超时空戏迷
怎么会这样？

莎士比亚
爱德伽决斗杀死了爱德蒙，高纳里尔与里根也在争斗中死去。最终，抱着心爱的小女儿的尸体，李尔王悲伤崩溃心碎而死。

超时空戏迷
有些西方评论家把这部戏叫做"李尔的救赎"，意思是李尔的灵魂经过了彻底洗礼：一方面，像古希腊亚里斯多德所说，悲剧所引起的怜悯和恐惧使剧中人（以及观众）的感情得到净化；另一方面，像基督徒所说，经过磨难考验，神的恩典拯救了罪人的灵魂。

莎士比亚
天道究竟还是有的，人世的罪恶这样快就受到了诛谴！
（第四幕第二场）

汤显祖

一点情千场影戏

Drama

超时空戏迷

莎翁的《李尔王》在人性探索上洋溢着浓重的宗教救赎气氛，汤翁，您的《南柯记》与之可谓异曲同工。

汤显祖

《南柯记》作于1600年，故事出自唐李公佐《南柯太守传》。东平人淳于棼慷慨侠义，精通武艺，曾任淮南军裨将，因喝酒使性失去主帅欢心，被免官落职。淳于棼落魄郁闷，居广陵城外，庭有古槐一株，常邀友人豪饮树下。中元节契玄禅师在扬州孝感寺讲经说法，淳于棼前去听讲释闷。

淳于棼

我淳于棼，人才本领，不让于人。到今三十前后，名不成，婚不就。家徒四壁，守着这一株槐树，冷冷清清，淹淹闷闷。想人生如此，不如死休。（第十出《就征》）

超时空戏迷

契玄禅师一出现，此剧便有了禅悟的氛围。

汤显祖

与此同时，古槐树下蚂蚁国瑶芳公主正当妙龄，母后欲为之选驸马成亲，派遣女侍琼英公主、灵芝国嫂和上真仙姑赶赴扬州孝感寺盂兰大会。淳于棼潇洒多情，令三女甚为满意，定为驸马人选。

超时空戏迷

蚂蚁国也一样选亲招婚，玄幻意味很重啊。

汤显祖

淳于棼听经归来，情绪愈加低落。一日大醉入梦，有使者以牛车迎导，在大槐安国东华馆拜见国王，被招为驸马，与瑶芳公主成婚。一时间，国王、王后钟爱，瑶芳公主美貌多情，婚礼奢华隆重，皇宫典雅气派令淳于棼顿感平步青云，如入仙境。

超时空戏迷

美景、美色，淳于棼显然陶醉其中了。不过，汤翁，你肯定又要反转了。

汤显祖

你猜到了啊。檀萝国侵犯槐安国之南柯郡，国王带领淳于棼等一行去龟山围猎，顺便演练兵马。新婚蜜月之际，公主体恤驸马心思，主动为驸马寄信边疆，探询问候戍边多年而杳无音讯的父亲，又奏请国王为驸马谋得南柯太守一职。

超时空戏迷

淳于棼婚姻、仕途两全其美，好不春风得意！

汤显祖

淳于棼不同于卢生，他赴任南柯郡守，二十年勤政恤民，忠于职守，百姓称颂，政绩斐然。公主生下二男二女，种下病根。淳于棼伉俪深情，在堑江城筑瑶台一所以供公主避暑。不料丧妻的檀萝国四太子垂涎公主美色，领兵攻打瑶台，欲夺公主为妻。淳于棼亲率人马直奔瑶台，救出公主。国王决定召淳于棼和公主回京，南柯郡百姓念其恩德政绩，恳切挽留，百里相送。公主因在瑶台受到惊吓，病情日重，于途中不幸病逝。

超时空戏迷

瑶芳公主病故，淳于棼想必伤心欲绝。

汤显祖

这你就猜不着啦！淳于棼回到朝廷，升任左丞相，位在右丞相段功之上，深受嫉妒。权贵们见驸马回朝升迁，无不趋奉，轮流宴请恭贺。此时淳于棼位高权重，得意忘形，又受琼英等色诱而沉湎于花天酒地之中，正落段功"天象之变""宫中淫乐"之口实。国王见公主已逝，淳于棼行为不检，加之又是"他族"，为防不测，罢免其所有官职并遣送回乡。

超时空戏迷

所有荣华富贵顷刻化为乌有！

汤显祖

淳于棼梦中醒来，余酒尚温，原来凡此种种竟是南柯一梦。他找到古槐洞穴，细辨地形地貌，与梦中所历之事一一印证，丝毫不爽，方知是梦游了大槐安国一回。

超时空戏迷

一场人生幻梦。

汤显祖
淳于棼请契玄禅师做水陆道场——

 淳于棼
第一要看见父亲生天，第二要见瑶芳妻子生天，第三愿尽槐安一国普度生天。

 超时空戏迷
淳于棼，也是痴人一个！

 汤显祖
忽然天门大开，诸人蚁纷纷升天，公主也将升天，淳于棼难舍恩爱之情，欲强留之，契玄禅师挥剑砍开，斩断情缘。淳于棼气绝昏倒，醒而顿悟，万象皆空，立地成佛。

 淳于棼
我淳于棼这才是醒了。人间君臣眷属，蝼蚁何殊？一切苦乐兴衰，南柯无二。等为梦境，何处生天？小生一向痴迷也。[南园林好]咱为人被虫蚁儿面欺，一点情千场影戏。做的来无明无记，都则是起处起，何处立因依。……求众生身不可得，求天身不可得，便是求佛身也不可得。一切皆空了。（第四十四出《情尽》）

 汤显祖
淳于棼立地成佛也。
[清江引]笑空花眼角无根系，梦境将人赚。长梦不多时，短梦无碑记，普天下梦南柯人似蚁！万事无常，一佛圆满。（第四十四出《情尽》）

超时空戏迷

淳于梦在大槐安国的苦乐兴衰，就是现实人生的缩影。

汤显祖

"淳于梦中人，安知荣与辱。"（第三十九出《象遣》）淳于梦耽于碌碌功名，在梦中"贵极禄位，权倾国都"，乘龙快婿，授官拜相，受宠三宫。但终归免不了情殇权尽，梦醒于南柯树下。"浮世纷小蚁子群"，一切皆是"空花梦境"，"人间君臣眷属，蝼蚁何殊？一切苦乐兴衰，南柯无二"。（第四十四出《情尽》）

王思任

《邯郸》，仙也。《南柯》，佛也。《紫钗》，侠也。《牡丹亭》，情也。（《批点玉茗堂牡丹亭词叙》）

超时空戏迷

汤翁，王老先生说得可对？

汤显祖

人之视蚁，细碎营营，去不知所为，行不知所往，意之皆为居食事耳。见其怒而酗斗，岂不哑然而笑曰："何为者耶？"天上有人焉，其视下而笑也，亦若是而已矣。……予曰：谓蚁不当上天耶？经云：天中有两足多足等虫。世传活蚁可得及第，何得度多蚁生天而不作佛？梦了为觉，情了为佛。境有广狭，力有强劣而已。（《南柯梦记题记》）

超时空戏迷

芸芸众生沉溺于功名利禄,您借无情虫蚁道有情之事,将戏曲作为契玄谈经、阐幽解微、度化众生的东风,去吹醒梦中之人。但不知后世能悟出其中道理的,又有多少啊!

汤显祖

"一点情千场影戏",不及情之人,就如同至微至细的虫蚁,终日惶惶于生计,是为愚。溺情之人,就像醉酒之人,于醒醉之际,是为痴。这两种人充斥世间,要非情至之人,未堪语乎情尽也。只有执著追求完美人生理想之人,才能最终破尽情障,放舍身心,获得觉悟与解脱。

超时空戏迷

由"情至"到"情尽",您的"临川四梦"从对人生真情至性理想的执著追求,转向了对生命本质意义的探究。

汤显祖

盖惟有至情,可以超生死,忘物我,通真幻,而永无消灭。否则形骸且虚,何论勋业,仙佛皆妄,况在富贵!

(《四梦跋》)

莎士比亚

基督教相信原罪以救赎灵魂,而神秘的东方佛教则多讲禅意觉悟。殊途同归,都是我们所孜孜追寻的精神支点。

超时空戏迷

李尔王废黜荒原灵魂救赎,淳于南柯一梦情尽觉悟,两位大师所表达的人生哲理,我受益匪浅。

THE
Tragœdy of Othello,
The Moore of Venice.

As it hath beene diuerse times acted at the Globe, and at the Black-Friers, b his Maiesties Seruants.

莎士比亚

让爱情和嫉妒同时毁灭

Love and jealousy

超时空戏迷

人性就是斯芬克斯之谜，展现人性的复杂和多维，似乎是大师们一生探究的目标。

莎士比亚

我们的努力就是将主人公灵魂中的各种力量的冲突再现在舞台上。

超时空戏迷

莎翁，奥赛罗是您笔下最复杂、最具争议的人物。

莎士比亚

这是一个令人痛心的故事。摩尔人奥赛罗是威尼斯公国一员勇将，他与元老的女儿苔丝狄蒙娜相爱。但由于他是黑人，婚事未被允许，两人只好私下成婚。奥赛罗手下有一个阴险的旗官伊阿古，因为妒忌，一心想除掉奥赛罗。他先是向元老告密，不料反而促成了两人的婚事。接着他又挑拨奥赛罗与苔丝狄蒙娜的感情，说另一名副将凯西奥与苔丝狄蒙娜关系不同寻常，并伪造了所谓定情信物等。奥赛罗信以为真，在嫉妒愤怒中掐死了自己的妻子。最后真相大白，极度悔恨的奥赛罗拔剑自刎，倒在了苔丝狄蒙娜身边。

超时空戏迷

奥赛罗与苔丝狄蒙娜，一场旷世的爱情最终却如此悲剧收场。自您的这部戏面世之后，不知有多少人撰文分析奥赛罗杀妻的原因。

莎士比亚

毫无疑问，奥赛罗是位坚强博大、灵魂高尚的英雄，这一点是不容质疑的。他宽宏大度、襟怀坦白。虽然戎马疆场，立下赫赫战功，但决不是好斗成性的一介武夫。戏一开场，元老勃拉班修因为女儿苔丝狄蒙娜的缘故，率领家丁前来抓捕他，奥赛罗眉宇未皱，从容地说："随他怎样发泄他的愤恨吧。"伊阿古劝他避避风头，他却很坦然——

奥赛罗

不，我要让他们看见我。我的人品、我的地位和我的清白的人格可以替我表明一切……收起你们明晃晃的剑，它们沾了露水会生锈的……（对勃拉班修）像您这么年高德劭的人，有什么话不可以命令我们，何必动起武来呢？（第一幕第二场）

超时空戏迷

高贵，坦诚，这就是奥赛罗。

莎士比亚

勃拉班修诬告奥赛罗诱拐了她的女儿，奥赛罗异常平静，毫不掩饰。当着公爵元老们的面，奥赛罗讲述了他和苔丝狄蒙娜恋爱的经过，原原本本，无隐藏，也不夸张。最后，当侍女爱米利娅告知众人"夫人在这儿床上给人谋杀了"的时候，奥赛罗也坦然承认："各位不必惊慌：这事情是真的。"（第五幕第二场）

超时空戏迷
襟怀坦白,单纯朴质。

 莎士比亚
奥赛罗具有任何一位伟男子所应有的品质,强烈的事业心和责任感。他有卓越的军事才能,征战沙场,为他所效忠的威尼斯城邦甘洒热血。他正直善良,嫉恶如仇,甚至大义灭亲。

 超时空戏迷
难怪贵族少女苔丝狄蒙娜会迷恋他,以身相许,至死不渝。

 莎士比亚
奥赛罗慷慨单纯,他的心扉只为"和煦的阳光"开启,从未沾濡过黑夜的阴霾。苔丝狄蒙娜是他追求向往的至善至美的化身,对奥赛罗来说,苔丝狄蒙娜的爱情是他心灵中最为神圣不可亵渎的东西,是他生活的精神支柱,他要把它当作生命和荣誉一般来珍爱,"用生命保证她的忠诚"!(第一幕第三场)

 超时空戏迷
可苔丝狄蒙娜却被奥赛罗所杀,英雄奥赛罗也将自己推向了毁灭,究竟是什么酿成了这个悲剧?

 莎士比亚
奥赛罗,没有识人之明,他对"诚实的"奸人伊阿古极为信任,推心置腹;但又对全心全意爱着他的苔丝狄蒙娜缺乏信任,经人挑唆,妄加猜忌。最可怕的是,伊阿古对他的性格弱点了如指掌——

伊阿古
那摩尔人是一个坦白爽直的人,他看见人家在表面上装出一副忠厚诚实的样子,就以为一定是个好人;我可以把他像一头驴子一般牵着鼻子跑。(第一幕第三场)

超时空戏迷
伊阿古巧舌如簧,工于心计,善于揣度别人的心理,难怪奥赛罗深陷他的圈套难以自拔。这部剧作的全名是《奥赛罗,一个摩尔人的悲剧》,这其中是否另有深意?

莎士比亚
奥赛罗的悲剧,根本的原因是他内心的自卑,这种自卑来源于他对自己身份认同的疑惑。

超时空戏迷
奥赛罗居然会自卑,难以想象。

莎士比亚
奥赛罗是摩尔人,摩尔人是中世纪西班牙和葡萄牙人对北非穆斯林的贬称。在16世纪的欧洲,社会各阶层普遍存在对黑皮肤的摩尔人的歧视。

超时空戏迷
想起来了,戏一开场,伊阿古就称他是"黑将军",威尼斯绅士罗德利哥也称奥赛罗为"厚嘴唇的家伙"。元老勃拉班修得知自己的女儿与摩尔人相恋,愤怒异常,称

奥赛罗是"丑恶的黑鬼"。原来您都埋了伏笔。

莎士比亚
是的，奥赛罗的肤色和血统决定了他在威尼斯人心中的地位。在白种威尼斯人的心中，他是低下的黑皮肤异族人，粗野暴力，为平常人所害怕。这是他内心自卑的根源所在。

超时空戏迷
既然威尼斯社会是这么歧视与贬低摩尔人，那奥赛罗为什么还要去认同威尼斯白人社会呢？

莎士比亚
奥赛罗是摩尔贵族，一位供职威尼斯公国的将军。他从儿时起就经历战争，年复一年，凭借显赫的战功，他成为一名将军，享有极高的社会地位，连元老勃拉班修都经常邀请他到家里做客。当威尼斯的国家安全受到威胁时，大家都觉得应该由奥赛罗去抵挡厮杀——

奥赛罗
各位尊严的元老们，习惯的暴力已经使我把冷酷无情的战场当作我的温软的眠床，对于艰难困苦，我总是挺身而赴。我愿意接受你们的命令，去和土耳其人作战。(第一幕第三场)

超时空戏迷
真是矛盾，威尼斯社会一方面对摩尔人奥赛罗充满歧视，另一方面又需倚仗他的军事能力保障国家安全。

莎士比亚

奥赛罗，作为摩尔人，遭受歧视和厌恶；而身为将军，又受人敬仰和爱戴。这对矛盾，原本"和平相处"，却在奥赛罗与威尼斯白人贵族少女苔丝狄蒙娜相爱结合这件事上集中爆发。苔丝狄蒙娜的父亲勃拉班修，愤怒地称呼他为"恶贼"——

勃拉班修

啊，你这恶贼！你把我的女儿藏到什么地方去了？你不想想你自己是个什么东西，胆敢用妖法蛊惑她；我们只要凭着情理判断，像她这样一个年轻貌美、娇生惯养的姑娘，多少我们国里有财有势的俊秀子弟她都看不上眼，倘不是中了魔，怎么会不怕人家的笑话，背着尊亲投奔到你这个丑恶的黑鬼的怀里？——那还不早把她吓坏了，岂有什么乐趣可言！（第一幕第二场）

超时空戏迷

奥赛罗以为自己成功了，他以为自己会和其他威尼斯白人权贵一样受到爱戴与尊重，但没有想到美好的爱情却把他打回了原型。

莎士比亚

勃拉班修的态度代表了当时社会的普遍看法：奥赛罗为国家征战、立功完全可以，但是爱上一位白人贵族女子是万万不能的。

超时空戏迷

奥赛罗与苔丝狄蒙娜的爱情没有得到众人的祝福，反而遭到更加恶毒的攻击。这对他的自尊心是多么大的打击!

莎士比亚

面对如女神般美好的苔丝狄蒙娜,奥赛罗无法不自卑,因为他的肤色、形象、年龄,他毫无信心。虽然苔丝狄蒙娜勇敢出走,在元老们面前为爱而慷慨陈词,最终与奥赛罗结为夫妻。但是自卑的阴影始终笼罩在奥赛罗的心中,他一方面对苔丝狄蒙娜充满爱和感激,另一方面又怀疑这一切。

超时空戏迷

这就为心怀叵测的伊阿古创造了机会。

莎士比亚

伊阿古不断用谎言刺激着奥赛罗的自卑感。他说奥赛罗不如凯西奥年轻英俊,风度翩翩,也不像凯西奥那样会讨女人欢心。总之,凯西奥身上所有的优点他都没有。而苔丝狄蒙娜是那么完美,她年轻美丽,贵族出身,是威尼斯的女神。

超时空戏迷

这些话是毒箭,一支支射在奥赛罗心里。

奥赛罗

伊阿古,我在没有亲眼目睹以前,决不妄起猜疑;当我感到怀疑的时候,我就要把它证实;果然有了确实的证据,我就一了百了,让爱情和嫉妒同时毁灭。

伊阿古

我知道我们国里娘儿们的脾气；在威尼斯她们背着丈夫干的风流活剧，是不瞒天地的；她们可以不顾羞耻，干她们所要干的事，只要不让丈夫知道，就可以问心无愧。……她当初跟您结婚，曾经骗过她的父亲；当她好像对您的容貌战栗畏惧的时候，她的心里却在热烈地爱着它。……说句大胆的话，当初多少跟她同国族、同肤色、同阶级的人向她求婚，照我们看来，要是成功了，那真是天作之合，可是她都置之不理，这明明是违反常情的举动；……我恐怕她因为一时的孟浪跟随了您，也许后来会觉得您在各方面不能符合她自己国中的标准而懊悔她的选择的错误。(第三幕第三场)

超时空戏迷

苔丝狄蒙娜是奥赛罗心中的女神，伊阿古竟用"风流放荡"形容她，还说她另有"新欢"，奥赛罗当然无法容忍。

莎士比亚

在奥赛罗看来，苔丝狄蒙娜的不忠意味着爱情的失败，也意味着作为摩尔人融入威尼斯主流社会努力的最终失败。当奥赛罗得知苔丝狄蒙娜丢了那方具有神奇魔力的手帕，而又听伊阿古说在凯西奥手里见到了那方手帕时，彻底崩溃了。

奥赛罗

也许因为我生得黑丑，缺少绅士们温柔风雅的谈吐；也许因为我年纪老了点儿——虽然还不算顶老——所以她才会背叛我；我已经自取其辱，只好割断对她这一段痴情。……啊！从今以后，永别了，宁静的心绪！永别了,平和的幸福!永别了,威武的大军、激发壮志的战争!啊,永别了!永别了,长嘶的骏马、锐厉的号角、惊魂的鼙鼓、刺耳的横笛、庄严的大旗和一切战阵上的威仪!(第三幕第三场)

超时空戏迷
自卑褊狭冲动,奥赛罗的单纯幼稚最终酿成了悲剧。

莎士比亚
当他清醒过来时,一切都晚了,苔丝狄蒙娜死了。

奥赛罗
我的心灵失去了归宿,我的生命失去了寄托,我的活力的源泉枯竭了,变成了蛤蟆繁育生息的污池!(第四幕第二场)

莎士比亚
奥赛罗饮剑自戕,结束了自己的生命。

超时空戏迷
奥赛罗的高尚品德使人景仰,他的悲剧又激起人们的同情与怜悯。他与幸福擦肩而过:美丽的娇妻,显赫的名声,忠心耿耿的部下……性格即命运!

莎士比亚
英雄奥赛罗坦率公正,正直诚信,光明磊落,但他的性格充满矛盾:宽容大度却不免猜忌狐疑,单纯朴实却难免轻信冲动,英勇善战、屡建功勋,却常常褊狭急躁,有勇无谋。

THE TRAGEDIE OF
MACBETH.

Actus Primus. Scæna Prima.

Thunder, and Lightning. Enter three Witches.

1 WHen shall we three meet againe?
In Thunder, Lightning, or in Raine?
2 When the Hurley-burley's done,
When the Battaile's lost and wonne.
3 That will be ere the set of Sunne.
1 Where the place?
2 Vpon the Heath.
3 There to meet with *Macbeth*.
1 I come, *Gray-Malkin*.
All. *Padocke* calls anon: faire is foule, and foule is faire,
Hover through the fogge and filthy ayre. *Exeunt.*

King. O valiant Cousin, worthy Gentleman,
Cap. As whence the Sunne gins his reflection,
Shipwracking Stormes, and direfull Thunders breaking
So from that spring, whence comfort seem'd to come,
Discomfort swells: Marke King of Scotland, marke,
No sooner justice had, with Valour arm'd,
Compell'd these skipping Kernes t
But the Norweyan Lord, surveyin
With furbusht Armes, and new f
Began a fresh assault.
King. Dismaid not this our Ca
Banquoh?

超时空戏迷

解除我的女性的柔弱

Effeminacy

超时空戏迷

权力往往是人性的镜子，对权力的向往，也是心魔孽障。莎翁，您有这样的名言："脆弱啊，你的名字是女人。"但在我看来，您的戏剧世界里的女人们可不都是如奥菲利娅般天真、朱丽叶一样纯情的。我统计过，在您剧作里出场的女性人物共有130多人，上至皇后、公主、公爵夫人，下至普通妇女，甚至鸨妇、妓女，几乎是人各有面。特别是女强人一类，独具神采。

莎士比亚

是啊，女人是一种复杂的动物。本来这个世界给女性搭建的舞台，是深闺客厅或者是厨房，但有一类女人，她们有独特的机敏睿智，一旦被她们嗅到权力的气息，她们便会奋不顾身地冲上前去。

超时空戏迷

麦克白夫人就是典型的一位吧。

莎士比亚

《麦克白》写于1606年，也是四大悲剧中最灰暗的一部。苏格兰国王邓肯的表弟麦克白将军，为国王平叛立功归来，路上遇到三个女巫。女巫的预言挑动了麦克白的野心，他在夫人的怂恿下谋杀了邓肯，做了国王。随后为了掩人耳目和防止他人夺位，他一步步害死了邓肯的侍卫，害死了班柯将军……恐惧和猜疑使麦克白越来越心虚，也越来越冷酷。麦克白夫人神经失常，最终自杀。麦克白众叛亲离，被邓肯之子和英格兰援军击败，最后遭斩首。

超时空戏迷

又一个被权力迷惑招致灭亡的悲剧。

莎士比亚

当麦克白夫人读到麦克白信中有关女巫预言未来君王的内容时，篡夺政权的欲望和热情无比高涨："我们今后就可以永远掌握君临万民的无上权威。"（第一幕第五场）试想，麦克白的背后如果没有了夫人的撺掇，他能一意孤行而至不可收拾吗？

超时空戏迷

麦克白夫人如钢似火，毫不掩饰强烈的欲望。

莎士比亚

舌头便是女人的匕首，女强人最擅长的，便是以她的甜言蜜语如簧巧舌，挑动你的欲望，激励你的勇气。

麦克白夫人

你本是葛莱密斯爵士，现在又做了考特爵士，将来还会达到那预言所告诉你的那样高位。可是我却为你的天性忧虑：它充满了太多的人情的乳臭，使你不敢采取最近的捷径；你希望做一个伟大的人物，你不是没有野心，可是你却缺少和那种野心相联属的奸恶；你的欲望很大，但又希望只用正当的手段；一方面不愿玩弄机诈，一方面却又要作非分的攫夺；伟大的爵士，你想要的那东西正在喊："你要到手，就得这样干！"你也不是不肯这样干，而是怕干。赶快回来吧，让我把我的精神力量倾注在你的耳中；命运和玄奇的力量分明已经准备把黄金的宝冠罩在你的头上，让我用舌尖的勇气，把那阻止你得到那顶王冠的一切障碍驱扫一空吧。（第一幕第五场）

超时空戏迷
命运的契机，使麦克白夫人身上不同于一般女性的意志、勇气和谋略得以充分施展。汤翁，和您《邯郸记》中的崔氏有点像。

汤显祖
不一样不一样。崔氏虽也是个女强人的形象，她运筹帷幄，是丈夫卢生"黄粱一梦"强有力的幕后推手。但对丈夫而言，她还是个"贤内助"的角色，没有挑唆丈夫做出格的事情。

超时空戏迷
是啊，卢生几次陷于危难，都是崔氏奔走解救。同是"女强人"，却是完全不同的类型。

莎士比亚
汤翁笔下的崔氏是"贤内助"，而麦克白夫人是个被欲念冲昏头脑的蛇蝎女人。她怂恿丈夫定下刺杀国王的密计，沉着冷静地调遣丈夫实施谋杀计划，难怪麦克白不无佩服地说："你的无畏的精神，只应该铸造一些刚强的男性。"

麦克白夫人

您要欺骗世人，必须装出和世人同样的神气；让您的眼睛里、您的手上、您的舌尖，随处流露着欢迎；让人家瞧您像一朵纯洁的花朵，可是在花瓣底下却有一条毒蛇潜伏。我们必须准备款待这位将要来到的贵宾；您可以把今晚的大事交给我去办；凭此一举，我们今后就可以日日夜夜永远掌握君临万民的无上权威。……泰然自若地抬起您的头来；脸上变色最易引起猜疑。其他一切都包在我身上。(第一幕第五场)

超时空戏迷

这些话听起来是多么毛骨悚然！

莎士比亚

面对着滔天的罪恶，麦克白退缩了，但蛇蝎夫人的意志更为坚定。

麦克白夫人

是男子汉就应当敢作敢为；要是你敢做一个比你更伟大的人物，那才更是一个男子汉。那时候，无论时间和地点都不曾给你下手的方便，可是你却居然决意要实现你的愿望；现在你有了大好的机会，你又失去勇气了。我曾经哺乳过婴孩，知道一个母亲是怎样怜爱那吮吸她乳汁的子女；可是我会在它看着我的脸微笑的时候，从它的柔软的嫩嘴里摘下我的乳头，把它的脑袋砸碎，要是我也像你一样，曾经发誓下这样毒手的话。……我们失败！只要你集中你的全副勇气，我们决不会失败。

(第一幕第七场)

超时空戏迷
她不达到目的誓不罢休的"坚定",令人不寒而栗。

莎士比亚
对权力的欲望使麦克白夫人走向极端,在欲念的驱使下,她仿佛魔鬼附体,狡诈,残忍。她把匕首交给丈夫,用毫无人性、毫不手软的撒旦式的壮伟,毅然作恶的地狱样的冷血,来坚定并鼓励他。

超时空戏迷
麦克白夫人更多地表现出超乎夫权社会规范的对政治的兴趣和对权力地位的极度渴望。但她也不是一般意义上的"悍妇",在麦克白夫人身上,欲望野心与温柔体贴相交织,她是个复杂而多面的女人。

莎士比亚
满足了权力欲望后的麦克白夫人始终处于欲望野心与道德愧疚的冲突之中,女性的敏感使她更深地陷入内心绝望的困境。她反复洗手,"这儿还是有一股血腥气,所有阿拉伯的香料都不能叫这只小手变得香一些"(第五幕第一场),直到最后精神分裂,自责而死。

汤显祖
好手笔,莎翁,既写出最毒妇人心,又写出其心智迷惑崩溃之处,匠心独运!

超时空戏迷

汤翁,您是"绝代奇才,冠世博学","情痴一种"。莎翁,您的作品"不属于一个时代,而属于所有的时代"。四个世纪以来,两位大师的戏剧作品穿越时空,为一代又一代人所欣赏。在两位大师的舞台上,梦与醒、幻与真、生与死的故事背后,是至情人性的全面展演!我何其有幸,能聆听两位大师对于戏剧人生的思考和对话!盼再有这样的机会!

莎士比亚

献丑!

汤显祖

再谈!

图书在版编目（CIP）数据

汤显祖和莎士比亚走进了朋友圈 / 张潋编著. —上海：上海古籍出版社，2015.8
（咖啡与茶）
ISBN 978 - 7 - 5325 - 7742 - 2

Ⅰ.①汤… Ⅱ.①张… Ⅲ.①汤显祖(1550~1616)—戏剧文学—文学研究②莎士比亚，W.(1564~1616)—戏剧文学—文学研究 Ⅳ.①I207.37②I561.073

中国版本图书馆 CIP 数据核字(2015)第 172200 号

咖啡与茶
汤显祖和莎士比亚走进了朋友圈

张潋 编著

上海世纪出版股份有限公司
上海古籍出版社　出版发行
（上海瑞金二路 272 号　邮政编码 200020）
（1）网址：www.guji.com.cn
（2）E-mail：guji1@guji.com.cn
（3）易文网网址：www.ewen.co

发行经销　上海世纪出版股份有限公司发行中心
制版印刷　上海丽佳制版印刷有限公司
开本　889×1194　1/36
印张　4　插页1　字数100,000
印数　1-5,300
版次　2015 年 8 月第 1 版
　　　2015 年 8 月第 1 次印刷
ISBN　978-7-5325-7742-2/G·623
定价　29.00 元